MISSION STARFIGHTER

STARFIGHTER TRAINING ACADEMY - VERSION 2

GRACE GOODWIN

Mission Starfighter

Copyright © 2022 by Grace Goodwin

Tous Droits Réservés. Aucune partie de ce livre ne peut être reproduite ou transmise sous quelque forme ou par quelque moyen que ce soit, électronique ou mécanique, y compris photocopie, enregistrement, tout autre système de stockage et de récupération de données sans permission écrite expresse de l'auteur.

Publié par Grace Goodwin as KSA Publishing Consultants, Inc.
Goodwin, Grace

Mission Starfighter

Dessin de couverture 2021 par KSA Publishing Consultants, Inc. Images/Photo Credit: deposit photos: sdecoret; Ensuper; innovari; Slava_14; diversepixel

Note de l'éditeur :
Ce livre s'adresse à un *public adulte*. Les fessées et toutes autres activités sexuelles citées dans cet ouvrage relèvent de la fiction et sont destinées à un public adulte. Elles ne sont ni cautionnées ni encouragées par l'auteur ou l'éditeur.

LE TEST DES MARIÉES
PROGRAMME DES ÉPOUSES INTERSTELLAIRES

VOTRE compagnon n'est pas loin. Faites le test aujourd'hui et découvrez votre partenaire idéal. Êtes-vous prête pour un (ou deux) compagnons extraterrestres sexy ?

PARTICIPEZ DÈS MAINTENANT !
programmedesepousesinterstellaires.com

BULLETIN FRANÇAISE

REJOIGNEZ MA LISTE DE CONTACTS POUR ÊTRE DANS LES PREMIERS A CONNAÎTRE LES NOUVELLES SORTIES, OBTENIR DES TARIFS PREFERENTIELS ET DES EXTRAITS

http://gracegoodwin.com/bulletin-francais/

PROLOGUE

Lieutenant Kassius Remeas, planète Vélérion, station au sol sur Eos, logement de fonction privé.

Mes doigts glissèrent sur le clavier avec une précision experte. Ouais, je savais qu'ils pouvaient me jeter en prison pour ça. Mon commandant, le capitaine Sponder, m'avait sous-estimé, ce qui m'allait très bien. Je m'en foutais. S'il n'allait pas m'ajouter à la Starfighter Training Academy en tant que recrue potentielle, s'il pensait qu'il allait me refuser la chance de devenir un Starfighter associé à sa femme idéale, il avait tort. Je n'avais pas *besoin* qu'il soit d'accord avec ma candidature. S'il se comportait comme un connard, alors j'allais pirater le système et le faire moi-même.

Le tourbillon Starfighter apparut sur le moniteur holographique en face de moi avec une liste de candidats nouvellement ajoutés et qualifiés pour la formation. Il y en avait des centaines : des gens de Vélérion, de la base lunaire d'Arturri, de chaque cuirassé et port hexagonal.

Un tas de gens, mais pas moi.

Le capitaine Sponder me détestait avec acharnement et je savais parfaitement pourquoi. Mais si j'avais la possibilité de tout recommencer pour qu'il ne se comporte pas comme mon ennemi, je ne changerais rien.

Je me concentrai sur l'écran et analysai le code que mes neuro-processeurs me permettaient de voir. Se connecter directement aux systèmes informatiques était une compétence rare, que les Spécialistes en Commandement de mission des Starfighters, ou MCS, recherchaient chez leurs recrues.

Tant qu'un certain capitaine ne les détestait pas, cette compétence garantissait à n'importe qui une chance de faire la formation pour devenir Starfighter. Ce qui était génial... pour tous les autres.

J'essayai à nouveau un autre mot de passe dans l'espoir de casser le dernier niveau de sécurité du programme. Ce système complexe interagissait directement avec les races aliens sur lesquelles les dirigeants de Vélérion comptaient pour nous sauver. Des aliens s'entraînant à devenir des Starfighters dans d'autres mondes.

Une série de caractères codés de couleur orange clignota devant mes yeux avant de devenir rouge et de rester sur mon écran.

. . .

ACCÈS : REFUSÉ

— Putain de merde, soufflai-je mais je n'étais pas découragé.

Cela faisait deux heures que j'essayais de pirater le système backend du nouveau programme d'entraînement. J'allais y arriver. J'avais déjà bien avancé. J'avais juste besoin de craquer un dernier niveau de sécurité.

Rien ne m'arrêterait. J'avais la motivation et envie de faire ce qui m'était interdit. Transporter des Starfighters de mission en mission était un travail important. Digne d'intérêt. Je le faisais avec fierté et compétence. Mais ce n'était pas un travail de première ligne. On fournissait une aide nécessaire et c'était sacrément important pour mettre fin à la flotte des Ténèbres une fois pour toutes, mais on n'utilisait pas mon plein potentiel. Le capitaine Sponder le savait mais voulait me voir souffrir. Je méritais peut-être sa colère à cause de toutes les conneries que j'avais faites. Oui, j'avais été arrogant. Je n'avais sans doute pas été suffisamment respectueux face à un officier supérieur.

J'en avais fait plus qu'assez pour mériter la haine sans ambages de Sponder, et j'en avais ignoré les conséquences jusqu'à ce qu'il me rejette et m'empêche de faire la seule chose que je voulais : être un MCS. Il m'avait puni, moi, mais potentiellement aussi d'autres Starfighters, et cela ne me convenait pas. J'aurais déjà pu être rattaché à un diplômé du nouveau programme et être en train de botter le cul de la flotte des Ténèbres.

J'ignorais totalement *qui* serait mon partenaire potentiel. Putain, je n'avais pas encore dépassé le dernier pare-feu. Je ralentis mes doigts, fixai les données devant moi, et réfléchis à la raison pour laquelle on m'avait refusé l'accès jusqu'à présent. Le nouveau système de mot de passe avait été ajouté pour empêcher les Vélérions comme moi d'y entrer, mais surtout pour s'assurer que la flotte des Ténèbres ne puisse pas le pirater, ce qui signifiait qu'il y avait un code à double lecture.

Mon logement de fonction était typique de celui d'un officier de rang inférieur dans la station basée au sol. J'étais pilote dans la flotte de navettes, depuis plusieurs années à cause du capitaine Sponder, lui et le balai qu'il avait si loin dans le cul que je ne savais pas comment il pouvait s'asseoir sur une chaise. Après une longue journée à faire la navette entre la surface de Vélérion et le cuirassé Resolution pour y emmener le personnel et des marchandises, j'étais rentré pour trouver un autre refus de promotion dans le programme de formation des Starfighters, signé par Sponder, bien sûr, Cela m'avait rempli d'une détermination que rien ne pourrait arrêter. Il venait de me refuser ce que je souhaitais depuis trop longtemps. J'avais respecté les règles, d'accord, peut-être pas toutes. Mais j'avais fait tout ce que j'étais censé faire, sans jamais faire passer mes désirs avant la vie des combattants que je transportais. Maintenant, j'étais las d'attendre.

Tout le monde dormait, sauf le personnel indispensable. J'aurais dû être endormi également. Après avoir effectué un vol de dix heures, je devais me reposer. C'était la règle. Je le ferais, mais je ne pourrais pas avant que...

ACCÈS : UTILISATEUR NON IDENTIFIÉ

Je gémis mais continuais parce que je commençais à progresser. Je le sentais. Mes doigts se remirent à se déplacer à toute vitesse.

— Je vais entrer et être apparié à ma femme idéale. Rien, pas même un stupide code d'accès à trois niveaux ne m'arrêtera, me dis-je à moi-même.

Je maintins mon doigt sur la dernière touche en regardant les données holographiques, la ligne de chiffres et de lettres. C'était le moment. J'avais la chair de poule. Mes doigts me picotaient. Je l'avais. Je le sentais.

J'appuyai sur le bouton.

ACCÈS : ACCORDÉ
BIENVENUE CAPITAINE SPONDER

Je gloussai presque. Non seulement j'allais entrer mes données dans le dispositif d'entraînement, mais j'allais faire croire que c'était Sponder lui-même qui l'avait fait.

Je donnai mon ordre à l'oral :

— Inscrire un nouveau candidat.

J'attendis moins d'une seconde.

BIENVENUE SUR LE PORTAIL DE LA STARFIGHTER TRAINING ACADEMY. ENTRER LES DONNÉES DU CANDIDAT.

— Lieutenant Kassius Remeas, pilote de navette.

Je trouvai mon fichier de données et confirmai son exactitude avant de soumettre le fichier. Je devais compléter ma fiche et répondre au questionnaire, mais d'abord je devais me mettre debout et permettre à mon corps d'être scanné pour créer mon avatar. Cool. Ensuite, l'ordinateur de la formation utiliserait ma voix et mon image pour interagir avec ma partenaire potentielle. Elle verrait une version réelle de moi, tout comme je verrais une version réelle d'elle.

Je me tenais debout, écoutant la voix qui me disait ce que je devais faire tandis que chaque centimètre de moi était importé visuellement dans le programme de formation. J'espérais que je serais apparié, puis que je m'entraînerais aux côtés de ma partenaire. Elle serait une femme féroce et belle. Une femme qui serait mon égale, mon autre moitié. Elle devrait être compétente pour faire l'entrainement des MCS. Nous endurerions les simulations et fêterions la victoire ensemble.

Lorsque le scanner eut terminé son travail, je m'installai dans mon siège et me mis au travail en répondant avec empressement aux questions du programme. L'avatar me ressemblait parfaitement, sauf qu'il avait converti mon uniforme standard de pilote de navette en l'uniforme noir des Starfighters, avec aussi le petit tourbillon métallique porté uniquement par l'élite.

— Bon sang, ça te va bien, soldat, gloussai-je en répondant aux questions du questionnaire et celle concernant la personnalité.

Je ne cachai pas la vérité à mon sujet. Arrogant. Agressif. Provocateur. Désobéissant. J'étais qui j'étais. J'allais *être* un Starfighter MCS.

Et le capitaine Sponder pouvait aller se faire foutre.

1

Un an plus tard...Mia Becker, Berlin, Allemagne, 2h24 du matin.

J'AVAIS COMMENCÉ le jeu dix minutes auparavant. J'étais connectée, et mes doigts se déplaçaient à toute vitesse sur les commandes. Sur l'écran, Kassius, le beau gosse de Vélérion que j'avais créé pour être mon partenaire d'entraînement, était assis dans le siège du pilote, beau, stoïque et presque réel. Beau n'était pas le bon mot. Torride était plus approprié. Quand mon amie et camarade de jeu, Jamie, avait dit qu'elle avait le béguin pour son acolyte imaginaire, je n'avais pas ri, car je ressentais la même chose avec le mien.

Pas le style d'amour qu'on ressent pour un garçon de treize ans dans un boy-band, mais un amour total, je le voulais nu dans mon lit. Mon vibromasseur était mis à contribution quand je pensais à Kass. Tous les soirs, et souvent deux fois les soirs où je jouais au jeu, quand je passais des heures à écouter sa voix. Je savais que tout ça me rendait un peu folle et que c'était signe que je devais sortir plus souvent avec des hommes, mais dans la vraie vie, aucun homme n'arrivait à la cheville de Kass… à aucun niveau.

Le jeu, Starfighter Training Academy, était génial et passionnant, mais moins dernièrement, depuis que Jamie avait gagné la partie deux semaines auparavant, suivi d'un silence radio. Elle avait littéralement disparu après avoir fêté sa victoire. Jamie, Lily et moi avions toutes les deux regardé la scène finale où le Général Aryk la félicitait d'être devenue une Starfighter d'élite. Nous l'avions vu accepter son union avec Alexius, son compagnon de jeu idéal qu'elle avait créé. Elle avait été assise, stupéfaite, quand son écran était devenu noir. Après ça… plus rien. Plus de Jamie quand j'avais essayé de me connecter pour rejouer. Lily n'avait pas eu plus de chance. Notre amie s'était juste volatilisée. Avait disparu.

Totalement.

Avec mon travail dans la communauté du renseignement et mes compétences en piratage, je ne pouvais pas laisser passer ça. J'avais accès à des endroits où une personne normale n'imaginerait pas pouvoir chercher. Elle vivait peut-être de l'autre côté de l'Atlantique, mais le monde entier était en ligne. Il y avait aussi les dossiers de la police. Les dossiers du Trésor public. Les dossiers d'emploi.

J'avais même piraté la base de données de l'employeur de Jamie—ce qui avait été incroyablement facile—et découvert qu'elle avait été licenciée car elle ne s'était pas présentée au travail. Cela remontait maintenant à plus d'une semaine.

La recherche de la famille avait été l'étape suivante. Peut-être qu'elle rendait visite à sa *oma*. Mais non. Pas de grand-mère. Ni de père, ni de frères et sœurs. Seulement une mère qui suivait un programme de désintoxication en prison. Leur registre montrait que Jamie ne l'avait pas appelé ou ni ne lui avait rendu visite une seule fois.

— Tu ignores complètement où elle se trouve ? demanda Lily dans mon casque alors que je la regardais réduire en miettes le côté d'une forteresse de la flotte des Ténèbres avec ses poings mécaniques géants.

Comme d'habitude, nous jouions ensemble, et ses tendances destructrices semblaient être à l'opposé de ce que j'imaginais quand j'entendais son doux accent britannique. Elle était bibliothécaire dans la vraie vie mais me faisait penser à une danseuse étoile brandissant une massue lorsqu'elle jouait. Lily détruisait la racaille de la flotte des Ténèbres comme un tank, elle jouait dans la division Titan de Starfighter.

— Complètement, répondis-je. J'ai trouvé son numéro de téléphone et j'ai appelé. Pas de réponse. C'est comme si elle avait disparu de la surface de la Terre.

Je parlais clairement dans mon casque et jetai un œil en direction du siège du pilote du vaisseau furtif que Kass et moi pilotions pour cette mission dans cette partie du jeu, que je n'avais pas réussi à gagner.

Pas encore. Mais Kass (ouaip, je lui avais donné un surnom) et moi nous rapprochions de la victoire à chaque fois. En tant que binôme MCS, il pilotait le Phantom (c'est ainsi que j'avais nommé notre vaisseau) et j'étais assise en face de l'ordinateur qui occupait la zone du copilote ainsi que toute la partie arrière du cockpit. J'utilisais mes compétences informatiques pour pirater les systèmes de la flotte des Ténèbres à partir de processeurs quantiques complexes alors qu'il se déplaçait si près que nous aurions pu atteindre et toucher l'ennemi à mains nues.

Pendant que je jouais, je parlais à Kass comme s'il était réel, et il donnait des réponses programmées. Je discutais alors qu'il ne répondait jamais, comme si nous étions vraiment côte à côte pour combattre la flotte des Ténèbres. Les gens m'auraient traitée de dingue, mais j'étais à moitié amoureuse de lui.

D'un avatar dans un jeu vidéo.

D'un alien, rien que ça, qui n'était que des pixels sur mon écran.

Parfois, il me semblait plus réel que les gens avec qui je travaillais. Mais là encore, mes collègues étaient sérieux et dangereux, nous vivions tous avec beaucoup de secrets. C'étaient des gens bien, loyaux. Dévoués. Solitaires. Des gens comme moi.

Je n'avais jamais fantasmé une seule fois sur un de mes collègues. Je n'avais jamais rêvé d'être poussée contre un mur. Je n'avais jamais imaginé tomber à genoux et faire perdre la tête à n'importe lequel d'entre eux pendant qu'il me tirait les cheveux.

— Elle n'a pas utilisé ses cartes de crédit ? demanda Lily en m'extirpant de mes pensées coquines, qui concernaient un alien dans un jeu vidéo.

Peut-être que Jamie était dans un asile de fous et que je serais la prochaine à la rejoindre.

— Comment je pourrais le savoir ?

— Pas la peine de mentir. Je sais ce que tu fais.

Le gloussement de Lily s'ensuivit alors que son guerrier mécanique Titan (quelque chose qui ressemblait à un *guerrier Mech* ou à un *Transformer* tout droit sorti d'un film d'action) sautait sur le toit d'une navette ennemie volant à basse altitude et arrachait le panneau de communication de ses mains puissantes.

— C'est celui que tu veux ?

J'écarquillai les yeux en voyant qu'elle avait fait ça si facilement. Nous nous étions toutes améliorées en jouant ensemble. Jamie avait gagné le jeu en premier parce qu'elle avait été une sacrée dure à cuire de pilote de chasseur Starfighter.

— Doucement, Lily. Il y a des bombes dans cette navette. Elles pourraient exploser.

Cette mission avec des bombes était une nouveauté dans le jeu, avec des armes ennemies qui pouvaient facilement nous éliminer tous les deux. Et le jeu serait terminé.

Notre mission, la mienne et celle de Kass, consistait à

survoler la navette et à rester cachés des capteurs des vaisseaux de la flotte des Ténèbres, à prendre le contrôle de cette navette en la piratant, puis à la rediriger contre l'armada de la flotte des Ténèbres et les réduire en miettes en utilisant ses propres armes contre elle.

— Ça n'arrivera pas.

Le Titan de Lily sauta de la navette alors que Kass nous faisait voler à proximité.

— Merci, Lily.

— Allez, va t'occuper d'eux !

Je souris en piratant le système de navigation de la navette et en la dirigeant à distance loin de la surface de la planète.

— Tu as quinze secondes d'avance sur la dernière fois. La voix de Lily était rauque d'excitation. Tu vas vraiment le faire cette fois-ci, Mia. Tu vas réussir !

Mon regard se porta sur le minuteur dans le coin inférieur droit de l'écran. Putain, oui !

Je commençais vraiment à me sentir nerveuse. Je n'avais jamais réussi à aller aussi loin. Je retins mon souffle. J'y étais presque. La victoire finale. Ou on se faisait exploser, dans cette partie, nos vies seraient terminées, et on devait recommencer la mission. Encore une fois.

Je pouvais vraiment gagner contre le jeu cette fois-ci. Pas Lily. Elle n'avait pas gagné assez de points. Elle avait besoin de se perfectionner et de s'attaquer à sa dernière mission.

— Si je fais ça, Lily, tu seras la dernière d'entre nous.

— Je suis juste derrière toi au niveau des points. Ce n'est pas pareil sans Jamie. Et ça ne le sera pas sans toi.

C'était en supposant que mon écran deviendrait noir comme celui de Jamie et que Lily se retrouverait à jouer sans nous deux. Elle aurait juste à utiliser des partenaires générés par le jeu jusqu'à ce qu'elle termine sa mission finale.

— Je t'ai donné mon numéro de téléphone donc tu peux m'appeler. Je vais retrouver Jamie.

— Comment est-ce que tu vas faire ça ?

— J'ai quelques connaissances que je peux appeler.

— Aux États-Unis ?

C'était une question logique puisque je vivais et travaillais en Allemagne.

— Oui. Entre autres.

— Tu me fais peur parfois. Tu sais ça ?

Venant de Lily, je ne savais pas si je devais prendre ça comme une insulte ou un compliment. Elle était une boule de démolition dans le jeu. Et son partenaire à l'écran, Darius, était encore plus fou.

— Oui. Je sais.

Rien ne m'arrêtait quand j'avais un but, et là, je voulais gagner. Cependant, gagner ce jeu avait un inconvénient. Je ne voulais pas dire au revoir à Kass. Il était grand, ténébreux et beau, bien sûr. Mais il était aussi incroyablement courageux, drôle, et un vrai casse-couille. Il me faisait rire et me faisait mourir de peur en même temps. Il était arrogant et imprévisible. Il représentait le sexe, le danger et possédait un côté protecteur, tout ça dans un seul homme.

Il n'était pas réel. Je le savais, mais *scheisse*, il était fait pour moi. Je le voulais plus que n'importe quel homme en chair et en os. C'était triste mais vrai. Jamie et Lily me comprenaient. En fait, Lily avait même parlé une fois de faire exprès de perdre le jeu pour qu'on n'ait pas à abandonner nos hommes aliens irréels.

Sur l'écran, je vis comment Kass avait parfaitement chronométré le mouvement de notre vaisseau en mode furtif et plongé directement sous l'aile d'une navette de la flotte des Ténèbres, c'était leur plus petit vaisseau et le plus lourdement blindé. La technologie qui nous permettait d'occulter notre vaisseau avait fonctionné, et ils ne nous avaient pas remarqués.

— Bravo, beau vol, dis-je à Kass, et j'appuyai aussi sur le bouton des réponses que j'avais programmées.

Sa voix grave et sexy résonna dans mon casque en réponse au message du chat.

— Je ferai tout pour toi, mon amour.

Il avait une centaine de phrases différentes, et chacune d'entre elles me donnait des frissons.

Son accent était fort mais impossible à situer, comme si on avait mis du grec ancien, du turc et un peu de français dans un mixeur. J'adorais le son de sa voix.

Je me concentrai à nouveau sur mon écran. La navette de la flotte des Ténèbres dont j'avais pris le contrôle volait dans l'espace avec des mouvements erratiques et imprévisibles. Lily avait fait en sorte que ses communications soient coupées pour qu'ils ne puissent pas prévenir leur armada que j'étais sur le point de la diriger vers la baie d'atterrissage de l'énorme vaisseau de guerre de leur reine et de tous les faire exploser.

— Sois prudente, Mia. On est tout proche. Cet avertissement de Kass prononcé doucement me remit dans la partie.

— Ils sont si nombreux.

Je n'avais jamais été aussi loin derrière les lignes ennemies pour cette mission. Les quinze secondes que Lily et moi avions gagnées avaient fait toute la différence. Nous étions entourés par ce qui devait être au moins la moitié de la flotte de la Reine Raya... avec son vaisseau posé comme une cible géante au milieu.

— Trente secondes.

L'alerte de Kass était quelque chose d'automatique, et je répondis à haute voix, même s'il était un alien généré par ordinateur et qu'il ne m'entendrait pas.

— Je m'en occupe, mon chéri.

— Occupe-toi d'eux, Mia !

Le cri d'excitation de Lily me fit grincer des dents, mais je ne la réprimandai pas à cause du volume de sa voix. Elle me soutenait vraiment.

— Réglage de la minuterie d'autodestruction.

Mes doigts se déplaçaient à toute vitesse sur mon tableau de bord tandis que je programmais les affres de la mort de la navette ennemie, espérant qu'elle exploserait après s'être enfoncée dans le vaisseau de commandement de la reine. Les bombes détruiraient tous les vaisseaux de la flotte des Ténèbres situés dans la zone. Du moins, c'était mon plan.

Je jetai un œil sur ma grille de navigation pour m'assurer que les équipes de Starfighters étaient toutes hors de portée de l'explosion. Je savais comment piloter ce vaisseau s'il le fallait. Tout comme Kass savait comment pirater les réseaux ennemis. Mais il pilotait mieux que moi, et j'étais *carrément* meilleure pour le piratage.

Je m'arrêtai, le doigt sur le bouton d'activation de la séquence d'autodestruction de la navette, alors que Kass faisait voler notre vaisseau directement sous les portes de la baie de lancement du vaisseau de la reine. Il nous maintint là pendant que je dirigeais la navette ennemie au-dessus de nos têtes, jusque dans la baie.

Dès qu'elle franchit les portes, j'activai la minuterie et le pilote automatique. Elle continuerait à voler vers l'avant et atterrirait à l'intérieur.

Le rire grave de Kass me fit me tortiller sur mon siège.

— Excellent travail, Starfighter.

Pourquoi ses louanges me faisaient-elles sourire et mouiller ma culotte en même temps ?

On s'envola à la vitesse maximale en regardant le compte à rebours.

— Dix secondes, dis-je.

— Neuf. Huit. Sept. Six. Oui, Mia ! Trois. Deux, dit Lily dans mon oreille.

Je retins mon souffle alors que l'écran affichait l'explosion du vaisseau de guerre de la reine Raya, toute sa flotte s'illumina comme des dominos enflammés dans l'obscurité de l'espace.

— Waouh. Je n'avais jamais vu une destruction aussi massive dans le jeu auparavant.

Ce qui suivit ne fut pas une surprise. Je l'avais déjà vu avant, quand Jamie avait gagné.

Mon avatar apparut, debout dans une salle à l'allure solennelle avec de hauts plafonds. Devant mes avatars et ceux de Kass se tenait un général à l'air sévère... et Kass me regardait avec une expression que je n'avais jamais vue auparavant. Était-ce du désir ?

Mon dieu, ces programmeurs étaient doués.

Kass tenait l'emblème du Starfighter dans sa paume et tendait ce cadeau vers moi comme s'il s'agissait d'une bague de fiançailles. Il me demanda si je, enfin, si mon personnage dans le jeu, acceptait de l'épouser et d'être son partenaire de combat pour la vie. Je ne lui laissai pas le temps de finir sa demande. Mon doigt était déjà posé sur le bouton X. J'appuyai dessus, et mon écran devint noir. Plus de jeu. Plus de Kass. Enfin, c'était ce que je pensais. C'était exactement ce qui était arrivé à Jamie quand elle avait gagné le jeu.

C'était à mon tour de découvrir ce qui allait se passer ensuite.

2

Kassius, pilote de la navette de transport XF41, espace aérien au-dessus de la station Eos.

— Navette XF41, ici la station Eos. Répondez.

L'officier de communication de la base terrestre de Vélérion contactait ma navette. Je venais de déposer deux Titans Starfighter et une douzaine de troupes au sol sur la grille extérieure, pour un exercice d'entraînement. Je terminais ma journée. Fini.

— Eos, ici XF41. J'écoute.

— Lieutenant Remeas, vous devez retourner immédiatement sur le *cuirassé* Resolution.

— Je viens de déposer leur équipe. Vous êtes sûr ?

— Les ordres disent que vous devez retourner immédiatement sur le Resolution pour recevoir des instructions de mission modifiées.

La voix du technicien au sol était tout à fait claire dans le cockpit. Apparemment, je n'en avais pas encore fini avec le service de roulage d'aujourd'hui.

— Bien reçu, Eos. Je retourne sur le Resolution, répondis-je, en vérifiant sur mon écran la vitesse et l'heure d'arrivée prévue. Quelles sont les modifications de la mission ? Quelqu'un d'autre a-t-il besoin d'être transporté ?

J'étais fatigué et j'avais besoin de dormir avant qu'on me confie une autre mission. Tout ce que je voulais, c'était prendre une douche et me caresser avec mon fantasme habituel en tête. Il intégrait Mia, ma partenaire d'entraînement au Starfighter, me criant dessus pendant que nous nous battions ensemble dans les simulations, et puis, je la prenais contre le mur pour faire taire sa langue acérée. Si les nouvelles instructions de mission retardaient cela, cela pourrait être un problème car je bandais pour elle, même maintenant, seul dans l'espace.

— Conformément au protocole, vous devez vous présenter immédiatement sur le *cuirassé* Resolution. Vous avez été réaffecté au Starfighter MCS. Votre partenaire a terminé le programme de formation et doit être récupérée immédiatement sur sa planète d'origine.

J'arrêtai de respirer. Putain de merde. Avec le décalage temporel entre Vélérion et la Terre, les simulations d'entraînement auxquelles nous participions ensemble étaient un étrange mélange de messages enregistrés et de rapports de mission. Mia suivait une simulation d'entraînement, puis j'étais prévenu et je chargeais le programme pour vivre et participer moi-même à la simulation de mission. Je connaissais Mia maintenant. Ses réactions. Le ton de sa voix quand je l'exaspérais. Je supposais qu'elle me connaissait aussi, car beaucoup de messages préenregistrés que je créais étaient prononcés dans le feu de l'action. Le nouveau système d'entraînement Starfighter était un jeu de poursuite virtuel étrange. Nous devions apprendre et faire des ajustements chacun de notre côté avant que la simulation d'entraînement ne nous permette de gagner en équipe.

Et maintenant, nous avions terminé. L'entraînement avait pris fin. Mia était une Starfighter et moi aussi.

— Lieutenant ? L'officier de communication de la station Eos semblait perplexe face à mon silence, mais c'était beaucoup à digérer. Mia était à moi. J'étais un Starfighter MCS. Libéré du contrôle de Sponder et enfin libre de décider de mon propre destin.

— Navette X41, vous me recevez ?

— Oui. La Terre. Mia est sur Terre.

Par le hublot, je regardais l'obscurité de l'espace sur ma gauche et la station Eos qui se profilait, un complexe terrestre massif et tentaculaire sur Vélérion.

L'officier des communications gloussa en entendant l'étonnement dans ma voix.

— Félicitations, Starfighter. Le général Jennix vous attend pour votre prise de service.

Ça devait être vrai si Jennix donnait les ordres.

Mon cœur se mit à battre la chamade, et je ne pus empêcher le sourire qui se dessinait sur mon visage. La navette était vide. En m'assurant que les communications étaient désactivées, je hurlai de plaisir.

— Putain, oui !

Elle l'avait fait. Ma Mia. La femme avec laquelle j'étais apparié depuis des mois. Que je désirais toucher et dont j'avais envie comme un homme qui se noie a besoin d'air. Depuis que j'avais réussi à pirater le programme de formation, j'avais gardé secret le fait que j'avais été associé à une stagiaire MCS. De tout le monde. Mes amis ne le savaient pas. Mes collègues pilotes de navette non plus. Personne n'était au courant. En fait, la seule personne à qui je pouvais parler du programme de formation était Mia et elle était *dans* la simulation elle-même. Et ces conversations s'étaient limitées aux quelques options préenregistrées disponibles. Il n'y en avait certainement pas une qui disait : *Termine la mission et je te récompenserai avec ma tête entre tes cuisses.*

J'avais entendu sa voix. J'avais passé des heures et des heures dans la simulation à me battre aux côtés d'une version enregistrée d'elle. Pourtant, je n'avais jamais vu une image réelle d'elle, seulement son avatar. Avec des cheveux bruns dans lesquels j'avais envie de passer mes doigts. Des lèvres pulpeuses. Des yeux foncés si intenses et remplis de secrets que j'avais envie de la pousser jusqu'à ce que cette façade implacable se brise et qu'elle s'enflamme entre mes mains. Et elle s'enflammerait. Je voyais la passion dans son regard, je la voyais dans sa façon de se battre à mes côtés, dans notre vaisseau d'entraînement, judicieusement appelé le Phantom.

Puisqu'on m'envoyait la récupérer sur Terre, cela signifiait qu'elle n'avait pas seulement terminé la Starfighter Training Academy, mais qu'elle avait accepté ma demande préenregistrée de s'unir à moi. De se battre avec moi. D'être à moi. Pour toujours.

Lorsque j'avais été associé à Mia, je m'étais attendu à être convoqué dans le bureau du capitaine Sponder pour qu'il m'engueule pour insubordination. Mais cela ne s'était jamais produit. Aucune alarme n'avait été déclenchée lorsque j'avais été apparié à Mia. Personne ne l'avait appris, ce qui n'avait fait que renforcer ma satisfaction. Dans l'univers, un très grand nombre de personnes utilisaient le programme d'entraînement, je m'étais dit qu'aucun officier de la flotte Vélérion n'aurait le temps de les surveiller toutes, ce qui signifiait que j'étais passé entre les mailles du filet.

Au moins jusqu'à maintenant, quand une recrue d'une planète lointaine venait de terminer et cela allait avoir un impact sur le rôle actuel de quelqu'un comme moi. Puisque Mia avait été diplômée et était maintenant un Starfighter MCS, cela signifiait que j'en étais un aussi. Cela signifiait aussi que j'allais la rencontrer en personne. Bientôt, elle serait en dessous de moi. Je lui dirais à quel point sa bouche autoritaire me rendait fou. Je n'aurais pas à prendre mon pied en pensant à elle. Je *la* ferais jouir.

Et je la remercierais d'avoir fait en sorte que je

devienne plus important que le capitaine Sponder et sa haine.

Le sourire qui se dessinait sur mon visage était inévitable.

— Starfighter, vous n'avez pas changé de cap et vous dirigez vers le *cuirassé Résolution* ?

Starfighter. Il m'avait appelé Starfighter. Putain, oui !

— Il y a un problème ? L'officier de communication de la station Eos avait dû suivre ma position sur ses capteurs.

— Non, Eos. Aucun problème. Je suis en route. XF41 terminé, dis-je une fois ma voix et mes émotions sous contrôle.

Non, mes émotions n'étaient pas sous contrôle. J'avais réussi. Enfin, j'avais piraté le système et je m'étais inscrit. Non, je n'avais pas fait grand-chose à part ça et m'associer à l'être humain le plus incroyable, à la plus intelligente et le plus talentueuse des femmes. Elle avait travaillé comme une folle dans toutes les simulations. Nous l'avions fait *ensemble*. J'avais été avec elle mission après mission, je l'avais regardé échouer. Réussir. Apprendre. Grandir. Parce qu'elle avait fait tout ça, j'avais pu améliorer mes compétences de vol, lier mes propres capacités informatiques aux siennes. Chaque simulation et session d'entraînement que nous avons complétée devait être revécue et complétée par l'autre.

La longue distance qui séparait la Terre et Vélérion rendait l'entraînement plus difficile, mais nous étions devenus une équipe performante. Si doués que, d'après ce que j'avais entendu dire, Mia et moi étions seulement le deuxième couple à terminer le nouveau programme d'entraînement.

La rumeur s'était répandue rapidement concernant la toute nouvelle pilote de Starfighter, sur la façon dont Jamie Miller, une femme humaine, était devenue la première recrue de la Terre. Si j'avais eu vent de la réussite de Mia, alors tout le monde à la station Eos l'avait appris également. Et ils sauraient qu'elle m'avait choisi.

C'était sûr et certain.

Mia avait réussi. Elle était la deuxième Starfighter, mais cette fois, ce serait une spécialiste du contrôle de mission qui viendrait à Vélérion au lieu d'une pilote. C'était ma MCS. J'allais la voir en personne. Lui parler. Entendre son rire. La toucher. La baiser. Maintenant, elle était à moi.

———

Mia, Treptowers, Office fédéral de la police criminelle (Bundeskriminalamt (BKA)), Berlin, Allemagne.

Je fixais l'écran le plus proche, l'un des six, et regardai les données changer. Le graphique se déplaçait en temps réel, et j'étais en mesure d'analyser et de modifier rapidement les données que j'avais demandées pour mon dernier projet.

Ils m'avaient peut-être mis derrière un bureau

(comme je le méritais après le bazar que mon soi-disant informateur avait foutu dans notre dernière enquête) mais j'étais déterminée à être utile, à faire mes preuves. Me remettre de la mort de deux agents que mes mauvaises informations avaient causé ? Cela prendrait plus de temps.

Peut-être qu'ils avaient raison à mon sujet. Peut-être que j'aurais dû choisir une profession en dehors des forces de l'ordre. Comme le tricot. Ou le jardinage. Au moins, les seuls morts dont je serais responsable seraient des plantes.

Et qui pouvait faire pousser une plante de toute façon ? En fait, la cochonnerie de plante que j'avais sur mon bureau était morte, ses feuilles brunes et desséchées me narguaient en me montrant mon nouvel échec.

Bon sang.

Je pris le petit pot et jetai le tout dans la poubelle sous mon bureau. Terminé. On passait à autre chose.

Les fenêtres de mon bureau donnaient sur le charmant mélange de bâtiments neufs et anciens de la ville, mais une forte pluie éclaboussait les vitres et un épais brouillard obscurcissait tout sauf les bureaux d'après-guerre de l'autre côté de la rue. Mon humeur allait de pair avec le temps. La nuit précédente, j'avais terminé la Starfighter Training Academy. Lily et moi avions assisté à mes félicitations par le commandant de la mission, le général Jennix. Son avatar montrait une femme aux cheveux noirs striés d'argent sur les tempes, aux yeux noisette et au dos si droit que je me demandais si elle était un cyborg avec une colonne vertébrale en métal. Mais le son de sa voix dans mes haut-parleurs m'avait semblé comme rempli d'impatience. Je me souvenais du même écran, des mêmes mots prononcés lorsque Jamie avait terminé le jeu, bien qu'un général différent l'ait accueillie. Peut-être parce qu'elle avait réussi en tant que pilote au lieu d'être une MCS ? Je n'en avais aucune idée, mais je me souvenais distinctement d'un homme grand, ténébreux et très beau. Un général Aryk ?

Jamie avait accepté le lien cérémoniel du jeu avec Alexius de Vélérion avec mes encouragements et ceux de Lily. La première fois que nous avions toutes vu la scène finale, nous avions trouvé que les questions sur les liens entre les deux personnages étaient excitantes, même si elles étaient un peu bizarres. Jamie aurait pu hésiter ce jour-là. Mais pas moi. J'avais appuyé sur le bouton X avant même que Lily ne m'y encourage. Peut-être parce que j'avais gagné après Jamie et que je savais à quoi m'attendre, alors la nature étrangement personnelle de la scène m'avait semblé moins intimidante. Ou peut-être que je voulais tellement Kass qu'accepter un lien fictif avec un homme était la chose la plus excitante que j'avais faite depuis des mois.

Mon instinct me disait qu'accepter ce lien de couple avec un alien fictif, que battre le jeu était en quelque sorte la clé pour trouver Jamie. J'étais dingue, sans aucun doute, de penser cela, mais j'avais besoin de savoir ce qui lui était arrivé. Si suivre ses traces me menait à l'endroit où elle se trouvait, je le ferais.

Parce que je ne savais plus quoi faire. J'avais épuisé toutes les options possibles à ma disposition. Les données que je regardais défiler sur mon écran ne me fournissaient aucun élément. J'avais effectué mes recherches, mais j'avais aussi utilisé mes contacts internes et mes relations à l'Office Fédéral de Police Criminelle pour rechercher une certaine Jamie Miller de Baltimore, Maryland, aux États-Unis. Sans le moindre résultat.

— Mia ? Un collègue du laboratoire de données frappa à la porte de mon bureau.

— Oui ?

— Désolé. Toutes les données ont disparu. Effacé et remplacé par autre chose.

— *Scheisse*, marmonnai-je, jurant dans ma barbe. Le jeu, les données et le disque dur de ma console avaient été effacés ? Tu es sûr ?

Il leva les yeux au ciel en posant la console non assemblée sur le siège de la chaise devant mon bureau.

— Je connais mon travail, Becker.

Pas comme toi. Je ne fais pas tuer les gens.

Je pouvais pratiquement entendre les reproches dans sa voix, et deviner ce qui se passait dans tête. Mais je ne pouvais pas lui reprocher sa colère. L'un des agents décédés avait été son ami. Et le mien. Mais personne ne semblait s'en souvenir.

— Désolée. C'était une question débile. Merci.

Il hocha la tête et partit, fermant doucement la porte de mon bureau derrière lui. Bien sûr qu'il était sûr. Il était très bon dans son travail. J'étais douée pour le codage informatique et pour trouver des informations sur les gens. Mais personne ne pouvait pirater un système qui n'avait pas de données à pirater. Pas même moi.

Si cette panne était un défaut du jeu ou un problème de rappel, je n'en avais pas entendu parler. J'avais passé des heures sur les chats de joueurs depuis la disparition de Jamie, à la recherche de quelqu'un d'autre qui avait réussi à battre le jeu, sans le moindre résultat. J'étais de mauvaise humeur. L'exaltation de la victoire avait été de courte durée. Comme pour Jamie, mon écran était devenu noir après avoir accepté le rôle de Starfighter MCS. Après avoir accepté que Kass soit mon partenaire de combat à vie.

C'était comme si j'avais fait exploser mon jeu en appuyant sur un seul bouton. Tout ce qui concernait mon score, mon avatar avait disparu. Et Kass aussi.

Je ne pouvais même pas recommencer le jeu.

Je m'étais tournée et retournée toute la nuit, frustrée par le fait que si le jeu était fini, alors je n'entendrais plus jamais la voix grognon de Kass. Heureusement que j'avais pris des photos de lui sur l'écran de jeu et que je les avais sauvegardées sur mon téléphone comme une adolescente en mal d'amour. Même si je n'admettrais jamais ce fait à un autre être humain. Mais j'avais passé un moment très personnel à regarder cette image de Kass dans mon lit.

Jusqu'à présent, j'avais passé la journée sur mes nouveaux travaux punitifs (comme j'aimais les appeler) et encore plus de temps à parcourir le réseau à la recherche d'indices sur la disparition de Jamie. Il n'y avait rien. Et maintenant, les analystes venaient de confirmer ce que je savais déjà dans mon cœur.

Tout avait disparu. Effacé. Détruit. Plus de Phantom. Aucunes traces des missions que j'avais accomplies. Plus de Kass, l'homme imaginaire qui m'avait obsédée ces derniers mois.

J'avais été une vraie idiote de m'attacher émotionnellement à un personnage de fiction. Mais il n'y avait pas beaucoup de place pour les rencontres dans mon travail, et Kass était en quelque sorte devenu plus réel pour moi que n'importe quel homme avec qui j'étais sortie. Ce qui n'était pas surprenant si les rares dîners suivis de sexe occasionnel pouvaient être qualifiés par le mot « sortir ». Car en fin de compte, les hommes que je « fréquentais » se lassaient tous de mes cachotteries. Je ne leur disais pas pour qui je travaillais ou ce que je faisais. La plupart d'entre eux ne connaissaient même pas mon vrai nom.

Puis, j'avais commencé le jeu et j'avais vu Kass, et mon intérêt pour les rencontres avait totalement pris fin. Personne ne m'intéressait à part lui.

— Arrête de te morfondre, gros bébé, me réprimandai-je ;

J'essayai de me concentrer sur le travail. Il restait deux longues heures avant que je puisse rentrer chez moi pour me prélasser dans mon appartement. J'allais passer une autre nuit blanche sans nouvelles de Jamie, sans pouvoir jouer avec Kass pour me calmer, et sans savoir quoi faire.

J'étais une experte quand il fallait trouver des réponses. Néanmoins, je n'en avais aucune, ce qui me mettait encore plus de mauvais poil.

Tout ce que je savais, c'était que mon amie me manquait. Le jeu que j'avais gagné puis cassé me manquait. Kass, un extraterrestre créé par un jeu vidéo qui n'existait même plus, me manquait.

Je travaillais trop vraisemblablement. J'avais besoin de sortir plus. De rencontrer de vraies personnes. De me mettre à un nouveau passe-temps. Comme la spéléologie. Faire des bretzels. Bon sang, même partir en vacances pour une nouvelle aventure.

N'importe quoi, pourvu que je n'aie pas à admettre à qui que ce soit que j'étais contrariée et frustrée parce que je convoitais un avatar généré par ordinateur et que mon seul lien avec lui avait explosé.

Le téléphone de mon bureau sonna. Je décrochai le combiné.

— Oui ?

— Melle Becker ? C'est la réception. Il y a quelqu'un qui veut vous voir.

Ce bâtiment était super sécurisé. Avec des badges électroniques pour toutes les zones et des scans rétiniens pour l'accès aux autres bâtiments. Et je n'attendais personne. Je n'avais aucun rendez-vous extérieur, et mes seules amies étaient... enfin, l'une d'entre elles avait disparu et l'autre vivait à Londres. Je fronçai les sourcils.

— Est-ce que cette personne a donné son nom ?

— Kassius Remeas.

3

*ia*

— Quoi ?

Je clignai des yeux et mon cœur se mit à battre la chamade. Quelqu'un se moquait-il de moi ? Non. Comment le personnel de la réception pouvait-il savoir que je jouais à ce jeu ? Nous nous saluions rapidement le matin quand j'arrivais. Ils n'étaient certainement pas au courant du fait que j'étais obsédée par mon partenaire MCS. Personne en Allemagne ne le savait.

— Il vient de dire qu'il s'appelle Kassius Remeas.

— C'est une blague ?

Si c'était le cas, je ne trouvais pas ça très amusant.

— Non. Un homme qui a demandé à vous voir se trouve ici. Il a insisté sur le fait que vous le connaissiez.

C'était quoi ce bordel ?

— Envoyez-le en salle de conférence trois. Je descends dans un instant. Merci.

— D'accord.

Je posai le téléphone sur son socle et me levai, ma chaise de bureau roula en arrière.

Kass n'était pas là. La simple évocation de sa présence ici était une blague. Il n'était pas réel.

Comme je n'avais discuté de mes habitudes de jeu avec personne au travail, quelqu'un avait dû installer un équipement de surveillance dans mon appartement.

— *Sohn einer Hündin* !

Je savais que la Starfighter Training Academy était un jeu populaire dans le monde entier, mais je n'avais pas réalisé que ce jeu avait déjà infiltré la culture de la Terre à un tel degré. Mais encore une fois, je ne sortais pas beaucoup ces temps-ci, donc je ne connaissais pas grand-chose à la culture pop du moment. Mais je savais que j'étais dévorée par la curiosité et que je ne pourrais pas résister et ignorer la chance de voir Kass une fois de plus, même un acteur déguisé pour lui ressembler. Je prendrais plaisir à regarder cet homme, et à traquer celui qui l'avait envoyé (et avait mis mon appartement sous surveillance) encore davantage.

Quelqu'un savait exactement à quel point j'étais obsédée par cet homme. J'avais le cœur brisé et je m'étais sentie tellement mal dans les heures qui avaient suivi la fin du jeu. C'était lamentable. Avec un grand *L* majuscule. Faible. Cela avait engendré en moi une vulnérabilité que quelqu'un utilisait contre moi.

Je passai un appel à nos équipes de sécurité.

— C'est Becker. J'ai besoin d'un examen de mon appartement dès que possible.

— Bien reçu. Quelles sont les chances que nous trouvions quelque chose ?

— Cent pour cent.

— Ok, m'dame. Je vous envoie une équipe dans dix minutes.

— Merci. Et tenez-moi au courant aussitôt.

Les équipes techniques allaient fouiller mon appartement de fond en comble. Tout équipement de surveillance qui y avait été installé allait être retiré. Mais cela n'était pas d'une grande aide concernant ma situation actuelle. Qui avait envoyé quelqu'un ici en utilisant le nom de Kass ? Et qu'est-ce qu'ils espéraient y gagner ? Cela n'avait aucun sens. J'allais être coincée derrière un bureau pour Dieu sait combien de temps. On m'avait retiré la plupart de mes affaires. C'était quoi ce petit jeu ? Et pourquoi maintenant ?

J'attendais l'appel. Dix minutes me semblaient être une éternité. Vingt. Trente.

J'étais sur le point de m'arracher les cheveux quand mon téléphone sonna.

— Mia Becker.

— Votre appartement est propre, madame. Nous avons terminé.

— Quoi ? Vous n'avez rien trouvé ? Rien ?

— Non, m'dame. Nous pouvons regarder à nouveau si vous le souhaitez. Mais mes équipes sont expérimentées et efficaces.

— Ce n'est pas la peine. Merci pour votre travail.

— Pas de problème.

La communication fut interrompue et je découvris que je tremblais.

Si personne n'avait mis mon appartement sur écoute, alors comment diable savaient-ils pour Kass ? Peut-être que Jamie avait été kidnappée et interrogée ? Avaient-ils mis l'appartement de Lily sous écoute à Londres ? Lily était bibliothécaire, elle passait des heures à dépoussiérer des livres anciens. Et Jamie était chauffeur-livreur, pas James Bond. Ça n'avait aucun sens.

Je m'essuyai les mains sur mon pantalon noir, mes paumes soudainement moites. Le trajet en ascenseur jusqu'au premier étage me parut durer une éternité alors que je me dirigeais vers la salle de réunion où j'avais demandé que ce Kassius Remeas soit escorté. Mes talons hauts claquaient à un rythme régulier contre le sol dur, et je remis en place ma veste de tailleur, la boutonnai comme si je mettais une armure. Arrivée à bon port, je fixai la porte fermée, les mains tremblantes.

J'attendis.

Avant que je puisse ouvrir la porte, elle s'ouvrit brutalement, percuta le mur et rebondit de quelques centimètres. Je sursautai, effrayée. Puis, je me mis à le regarder fixement. Et plus encore. Là, debout devant moi, se tenait une personne qui ressemblait *beaucoup* à Kass.

Quelqu'un avait mis le paquet. Ce type avait les mêmes cheveux noirs. Le même sourire en coin. La même petite cicatrice sous son œil gauche. Les mêmes yeux marron foncé. Les mêmes putains de fossettes qui lui donnaient l'air d'un pirate de l'espace espiègle et super sexy. Il était habillé de noir de la tête aux pieds, la coupe et la confection correspondaient exactement aux uniformes de jeu d'un Starfighter MCS, mais il n'avait aucun ornement ni rien d'autre indiquant qu'il était dans l'armée. Dans n'importe quelle armée. Et comme j'étais une vraie idiote, mon regard se porta sur sa poitrine pour chercher l'insigne de Starfighter. Qui était là. Noir sur noir, mais le tourbillon était là. Je reconnus même les boucles de ses bottes.

Mais qu'est-ce qui se passait là ? Cet uniforme d'extraterrestre était absurde. Risible, ce qui signifiait que j'avais été la cible d'une blague pendant la demi-seconde où mon cœur avait fait un bond et lorsque mon intimité s'était contractée comme s'il avait été réel. Deux battements de cœur plus tard, cet organe stupide me faisait dix fois plus mal qu'avant, après le sursaut de joie, il allait s'écraser dans un puits du désespoir. Parce que cette personne ressemblait incroyablement à Kassius Remeas, en chair et en os.

Alors, cet homme était-il un mannequin ? Peut être que le concepteur du jeu l'avait placé devant un écran vert et avait basé l'avatar de Kassius Remeas sur lui. Peut-être que j'avais des hallucinations et qu'un adolescent au visage boutonneux, à la moustache à moitié poussée et aux jambes dégingandées me regardait. Peut-être que le stress du travail avait finalement fait basculer mon équilibre mental.

Mais je ne pouvais pas le quitter des yeux. Merde, je ne pouvais même pas cligner des yeux. Ni respirer.

— Mia Becker.

Il ne dit rien de plus mais m'inspectai avec la même intensité dont je faisais preuve à son égard.

Je n'allais pas l'appeler Kass. Ça m'aurait fait trop mal. Prononcer cette syllabe signifiait que j'aurais participé à toute cette blague. Et je sentais que j'en étais la cible.

Sans détourner son regard de moi, il m'attira dans la pièce et repoussa la porte derrière moi. Il mit même le verrou. Les bruits de la réception, des contrôles de sécurité et des voix parasites disparurent, nous laissant totalement seuls. La pièce était hermétiquement close et fouillée chaque matin pour détecter du matériel de surveillance. Les murs étaient épais, et il n'y avait pas de fenêtres.

Je continuai à garder le silence, et il plissa les yeux. Puis, il réduisit la distance entre nous, posa doucement ses mains de chaque côté de ma tête et m'embrassa.

Scheisse.

Pendant une seconde, je me figeai parce qu'un acteur ou un mannequin rémunéré, un parfait inconnu, m'embrassait. Avec des lèvres douces. Avec un désir que je sentais s'infiltrer dans ses doigts, dans sa bouche. Chaque centimètre de son corps irradiait le désir. Pour moi.

Bon sang, il était doué. J'étais à deux doigts de tomber

dans le panneau et de croire ce que ses lèvres me disaient.

Je poussai un gémissement parce que c'était un baiser incroyable. Il profita du fait que j'ouvris la bouche et plongea sa langue profondément dans la mienne. Se servit. Exigea ce qu'il voulait.

Ses mains inclinèrent ma tête comme bon lui semblait, nous entraînant plus profondément dans... une sorte d'union. Une fusion qui était plus qu'un simple contact entre nos lèvres et nos langues.

Je ne savais même pas qu'on avait bougé jusqu'à ce que mon dos se heurte au mur et que son corps dur se penche sur moi. Je sentais à quel point il était dur. *Partout.*

J'ignorais complètement combien de temps avait duré notre baiser, mais lorsqu'il releva finalement la tête, je réalisai que sa main était sous mon chemisier et que sa paume rugueuse tenait mon sein en coupe.

— Mia, dit-il à nouveau. Cette fois, son râle avait une tonalité plus grave. Plus sombre. Je t'ai trouvée.

Il parlait en anglais, ce qui me troubla davantage, mais je lui répondis de la même façon.

— Waouh.

Je me passai la langue sur les lèvres, et son regard se posa sur ce mouvement.

— Je ne sais pas qui vous êtes, mais vous embrassez vraiment bien.

Le coin de sa bouche se releva.

— Je suis Kassius Remeas de Vélérion, tu le sais bien,

Mia Becker, Starfighter MCS de la Terre. Je suis ton partenaire et ton compagnon idéal. J'espère bien que tu n'accueilles pas tous tes visiteurs de cette façon.

Il baissa les yeux vers l'endroit où son pouce se déplaçait lentement d'avant en arrière sous mon chemisier en soie.

J'étais mouillée. Je mourrais de désir J'avais une envie dingue de cet étranger.

— Merci pour ce petit divertissement parce que... heu oui, vous lui ressemblez. Je vais même vous donner un bonus pour cet excellent baiser, mais si vous pouviez garder vos mains pour vous et les retirer toutes les deux de moi. Maintenant.

Il secoua lentement la tête alors qu'un sourire se dessinait sur ses lèvres. Il croyait que je plaisantais. Et je ne voulais pas le blesser. Du moins, pas encore.

— Je ne fais que commencer. Nous nous battons côte à côte depuis des mois, et j'attends depuis tout ce temps de faire taire cette bouche insolente.

Je l'examinai maintenant. D'un air méfiant. Il ne lâchait pas le morceau, mais je n'étais pas non plus prête à lui mettre un coup de genou dans les couilles. Il ressemblait à Kass. Il parlait comme Kass. Il portait un uniforme de Starfighter MCS si détaillé que même les bottes étaient assorties. Mais le saut que mon cœur plein d'espoir voulait faire était inconcevable.

— Tu ne me crois pas, dit-il en m'étudiant plus attentivement.

— Qu'un avatar d'un jeu auquel je joue est en fait une

vraie personne, un vrai extraterrestre, qui est venu dans mon bureau pour m'embrasser ? Et que vous venez d'une autre planète mais qu'il se trouve que vous parlez anglais ?

J'avais joué à la Starfighter Training Academy en anglais puisque Jamie et Lily parlaient cette langue. L'allemand était ma langue maternelle, mais je parlais couramment les deux. Pour un alien, il parlait vraiment bien anglais.

— J'ai appris votre langue en jouant au jeu. Je ne suis pas très compétent dans ce domaine. Et je ne suis pas venu ici pour t'embrasser, dit-il, puis ses joues prirent une teinte sombre. C'est un mensonge. J'ai envie de t'embrasser depuis des mois.

— Qui vous a envoyé ? Depuis combien de temps surveillez-vous mon appartement ?

— Le général Jennix a approuvé ta venue. J'ignore tout de ta maison. J'aimerais beaucoup la voir avant notre départ.

— Notre départ ?

— Oui. Nous devons aller à Vélérion. Ils ont besoin de toi, Mia. Tout comme moi.

Oh, bon sang. Il était bon. Son regard était fixé sur le mien avec la plus grande sincérité. Son visage n'avait pas l'ombre d'un sourire, ni aucune trace d'hésitation. Il semblait parfaitement normal et cohérent. Ce qui signifiait que soit il croyait ce qu'il disait, soit il était le meilleur menteur au monde.

— C'est complètement fou. De quoi parlez-vous ? Qui

êtes-vous vraiment ? Comment avez-vous découvert où je travaille ?

— Je suis ton Kassius. Nous sommes un couple idéal. Je suis venu te chercher pour t'emmener sur le *cuirassé Résolution*. Le général Jennix attend ton arrivée. Elle est très heureuse d'accueillir un couple de Starfighter MCS sous son commandement.

Son regard me dévisagea, il semblait à l'aise avec ses mains sur ma poitrine. Il poussa un grognement.

— Mais d'abord, j'ai besoin de te baiser pour apaiser le désir que nous avons tous les deux depuis tout ce temps.

Mon côté coquin aimait ses paroles cochonnes. Le reste de moi aussi. La féministe en moi insistait pour que je le gifle, parce qu'un étranger qui vient me dire qu'il va me baiser mérite une bonne gifle. Ou un genou dans les burnes.

Mais je me sentais en sécurité avec ce type. Excitée.

— C'est juste dingue, chuchotai-je.

— Non, mais tu dis que la Starfighter Training Academy est un jeu, ce qui est clairement un problème que l'équipe de conception de Vélérion doit rectifier. En réalité, ce système est un programme d'entraînement complexe et difficile, et tu viens de l'achever. Nous venons de le terminer. Ensemble.

Je secouai la tête, espérant dissiper le brouillard que son baiser avait créé.

— Non. Qui vous a envoyé ? Qu'est-ce que vous voulez ?

— Toi, tu es *ma* Mia.

Comment avait-il su pour cette marque d'affection ? Même si quelqu'un avait placé des caméras et des micros dans mon appartement, il n'aurait pas su que Kass m'appelait comme ça. Personne ne le savait. Sa voix, ses réponses verbales n'étaient entendues que dans mon casque. Je n'avais pas utilisé la fonction de sous-titrage. Les mots flottant sur l'écran gênaient ma concentration. Son nom avait clignoté sur l'écran et avait pu être vu par une caméra. Tout comme les uniformes des Starfighters —chaque détail de lui était parfait. Mais personne ne savait que Kass m'appelait comme ça, personne d'autre que l'avatar imaginaire de ma défunte console de jeu. Tout ça ne pouvait pas être réel. N'est-ce ?

— Comment venez-vous de m'appeler ?

— Ma Mia. Je t'ai appelé comme ça de nombreuses fois, mon amour. Il sourit et m'embrassa sur le front. Surtout lors de cette mission sur Xenon où tu as écrasé à toi seule un escadron entier de drones de la flotte des Ténèbres.

Putain de merde. Cette mission avait eu lieu il y a des mois, au tout début. C'était la première mission où il avait utilisé cette marque d'affection. Je m'en souvenais bien parce que tout ce qui était féminin en moi avait pratiquement fondu la première fois que j'avais entendu cette voix langoureuse sexy prononcer mon nom comme ça. *Ma* Mia. C'était si torride. Si sexy. Et tellement *Kass*.

— Kass ?

— Tu as accepté ton rôle de Starfighter MCS. Tu as

accepté notre lien de couple. Comme je l'ai fait. Notre union a été enregistré dans le Palais des Archives sur Vélérion. Tu es à moi et je suis à toi. Je t'attends depuis longtemps.

Je t'attends depuis longtemps. Mon dieu, un guerrier sexy qui disait ça à une femme, avec sa main toujours en place sur sa poitrine. C'était une phrase littéralement en mesure de faire fondre sa petite culotte et je le croyais parce que je l'avais attendu aussi.

Je t'attends depuis longtemps.

J'étais sentimentale. Rêveuse. Folle.

Peu importe.

Sa. main. Était. Sur. Mon. Sein.

Je roulai des hanches contre lui et sentis chaque centimètre de son sexe dur.

Il gémit.

— J'ai envie de toi.

— Je suis folle de dire ça, mais je pense que je le sens bien.

La commissure de sa bouche se releva, et ses yeux s'assombrirent, s'embrasèrent.

Je le croyais. Mon instinct et ma logique étaient tous deux d'accord. Toute cette histoire était plus que farfelue ? Certes. Mais je vivais ma vie selon la théorie du rasoir d'Ockham : *l'explication la plus simple était généralement la bonne*. Personne sur Terre n'avait de raison de se donner tout ce mal pour me faire une blague. Personne. Concernant l'existence des extraterrestres, j'avais des soupçons depuis des années. En supposant qu'ils existent, il y avait ses vêtements. Son visage. Sa voix. Son nom. Et l'argument décisif, la disparition de Jamie...

— Jamie Miller. Elle a gagné contre le jeu. Alex est aussi venu la chercher ? C'est pour ça qu'elle a disparu ?

C'était tellement évident maintenant. Comme une pièce de puzzle perdue qui s'emboîtait finalement. C'était complètement logique. Si Kass était ici pour moi, alors Alex, l'avatar que Jamie avait choisi pour être son partenaire de combat dans son jeu, devait être venu la chercher. Il fallait qu'il me le dise.

Il fit un petit hochement de tête.

— La pilote Starfighter Jamie Miller est célèbre parmi les Vélérions. Elle a été la première Starfighter de la Terre et a déjà sauvé de nombreuses vies et affronté la reine Raya. Son binôme, Alexius, est venu la récupérer et maintenant, je suis ici pour toi. Les Starfighters Jamie et Alexius servent sous les ordres du Général Aryk sur la base lunaire Arturri.

Je me détendis contre le mur. J'avais cherché partout... sur Terre. Je n'avais pas perdu la main pour le piratage et le pistage. Les meilleurs réseaux de collecte de renseignements en Europe n'avaient pas été défectueux. J'avais cherché au mauvais endroit. Sur la mauvaise *planète*.

— Je... nous, toi et moi, avons travaillé avec elle lors de sa dernière mission d'entraînement. Je l'ai vue accepter son rôle auprès du général Aryk et son lien de couple avec Alexius. Tu me dis qu'il est venu sur Terre pour la récupérer ? Et l'emmener dans l'espace ? Sur Vélérion ? Vélérion existe vraiment?

— Oui. C'est exactement ça.

Il baissa la tête et ses lèvres déposèrent une ligne de petits baisers le long de ma mâchoire. Si je n'avais pas été appuyée contre le mur, je serais tombée. Mon corps fondait à l'extérieur, mon esprit vacillait à l'intérieur.

Putain de merde. C'était réel.

— Jamie est dans l'espace ? Sur Vélérion ?

Encore une fois. Je devais l'entendre. Encore. Une fois.

— Sur Arturri, la base lunaire où sont stationnés les pilotes Starfighter. Elle s'est bien adaptée, d'après les rapports.

— Tu ne l'as pas vue ?

Kass secoua la tête, profitant de l'occasion pour déplacer ses lèvres sur le côté opposé de ma mâchoire.

— Seulement sur les rapports officiels. Après son évasion du vaisseau de guerre de la reine Raya, le général Aryk a envoyé des extraits de leur débriefing à tous les pilotes pour que nous sachions ce qu'il faut surveiller.

— Est-ce qu'elle va bien ?

Toute femme saine d'esprit s'en irait maintenant. Mais je n'étais pas ordinaire. J'avais accès à des choses, des événements, des rapports d'OVNIs et d'autres phénomènes que les citoyens lambda n'avaient jamais vus. Croire que les extraterrestres existaient bel et bien n'était pas difficile pour moi. Accepter que Kassius ait voyagé d'un autre système solaire pour me trouver ? *Moi* ? Eh bien *ça*, c'était la partie la plus folle.

— Elle est en bonne santé et entière, elle vit avec Alexius sur Arturri.

— Montre-moi ta cicatrice.

J'avais lâché cet ordre avant de pouvoir y réfléchir davantage. Lors de notre deuxième mission, j'avais vu mon Kass, le Kass du jeu, sans sa chemise. *Ce* Kassius avait une cicatrice circulaire dentelée sur l'arrière de l'épaule gauche. Elle formait de larges lignes. Était plus grande que ma main. Ancienne.

Aucun acteur ne pouvait simuler ça.

— Avec plaisir. Le sourire qu'il afficha en se reculant n'était pas celui auquel je m'attendais, et mes poumons s'arrêtèrent de fonctionner lorsque je le regardais sa chemise noire passer par-dessus sa tête. Sa poitrine était... énorme. Musclée. Parfaite. Mais beaucoup d'hommes avaient un beau physique. De larges épaules. Des bras qui débordaient de force.

Je l'avais fixé pendant trop longtemps, et il semblait heureux de me laisser faire.

— Tourne-toi, lui ordonnai-je.

Il le fit, lentement. Quand il se détourna de moi, je fis un pas en avant vers lui en retenant mon souffle. La cicatrice était bien là. Ancienne. Guérie. Une marque de douleur extrême. Exactement comme dans mon souvenir.

— Oh mon Dieu. Les doigts tremblants, je suivis les contours de cette marque avec un soupir silencieux.

— Tu es réel.

— Oui, en effet.

— Comment tu t'es fait ça ?

— C'est une histoire pour un autre jour.

Il pivota et je ne pouvais pas supporter d'arrêter de le toucher alors que ma paume glissait de son dos à son épaule puis sur sa poitrine. Je ne voulais pas l'abandonner. Pas encore.

— Je te crois maintenant.

Je levai la main, touchai sa mâchoire carrée, ses lèvres, avec autre chose que ma bouche, pour la première fois.

— Tu es vraiment Kass.

Il repoussa doucement mes cheveux en arrière, regarda ses doigts passer dans mes cheveux.

— Je suis vraiment Kass. Tu m'as choisi lors de ton évaluation initiale. Nous avons travaillé ensemble pendant tout ce temps pour réussir la formation.

— Attends une seconde. Je m'éloignai de lui et sortis mon téléphone portable de la poche de ma veste.

Je devais mettre Lily au courant de ce qui se passait. Si je disparaissais aussi, la pauvre Lily allait paniquer. Et si elle avait peur, était distraite ou déprimée et ne finissait pas le jeu ? Et si Darius ne venait jamais la chercher et qu'elle mourrait sans jamais savoir ce qui nous était arrivé. Non. Pas cool.

Je sortis ses coordonnées, reconnaissante que nous ayons échangé nos numéros, et mes doigts tapotèrent à toute vitesse sur le petit clavier numérique.

Lily, c'est Mia. Le jeu est réel. Jamie est sur Vélérion avec

Alexius. Je pars maintenant avec Kass. Termine le jeu. Darius va venir te chercher.

J'appuyai sur envoyer et attendis pendant que Kass me regardait patiemment. Moins de trente secondes plus tard, je reçus la réponse de Lily.

Putain, quoi ? C'est une blague ??????

Je souriais maintenant, débordant d'anticipation, d'excitation et de bonheur. Ma vie était sur le point de prendre une toute nouvelle direction, et j'étais vraiment prête. Tellement prête à faire quelque chose de différent.

C'est pas une blague. Termine le jeu. Darius va venir te chercher. On se voit sur Vélérion.

J'éteignis mon téléphone et le remis dans la poche de ma veste. J'étais sur le point de sauter sur Kassius Remeas, et je n'avais pas besoin de l'appareil photo ou du micro de mon téléphone pour capturer le moment.

— Et maintenant ?

Je m'avançai vers lui et posai mes paumes à plat sur sa poitrine. Il était chaud et fort et me regardait comme si j'étais la chose qu'il aimait le plus dans l'univers. Toutes ces choses le rendaient totalement irrésistible, si j'avais voulu lui résister et ce n'était clairement pas le cas.

— Tu ne peux pas imaginer combien je t'ai désiré.

Il suivait le contour de ma lèvre inférieure avec son pouce alors que je prenais une profonde inspiration, découvrant son odeur pour la première fois.

Mon imagination était assez fertile, donc il avait tort sur ce point.

— Je ne veux pas attendre plus longtemps. Je ne peux pas.

Il fit rouler ses hanches contre moi, et je sentis pourquoi.

— Mia, dis-moi que tu as attendu ce moment avec autant d'impatience que moi.

Je ne voulais pas attendre non plus. Mon Dieu, je ne voulais vraiment pas.

— Oui, complètement. Mon Dieu, les choses que j'ai pu imaginer...

Sa mâchoire se resserra.

— Je veux les entendre toutes. Plus tard.

Je passai la langue sur mes lèvres, fit un petit signe de tête. Je n'avais jamais été aussi excitée, N'avais jamais eu autant envie d'un homme. Nous nous étions seulement embrassés et bon sang, nous venions juste de nous rencontrer. Mais je *connaissais* Kass. J'avais besoin de lui.

— N'attends pas, s'il te plaît. Moi aussi, j'ai envie de toi, dis-je, en passant mes mains sur lui parce que... parce qu'il était *à moi*.

Un grognement profond sortit de sa poitrine, et ensuite il bougea. Il remonta mon chemisier par-dessus mes seins, et sa bouche s'accrocha à mon téton. Il le suça avec force une fois, mais grogna à nouveau, cette fois de frustration, une seconde avant de tirer sur le bonnet de mon soutien-gorge.

— Putain, tout est à moi.

Il me reprit dans sa bouche et suça. Fermement. Je le

ressentis dans mon intimité et gémis, me sentant soudainement vide, je mourrais d'envie d'en avoir plus.

Il releva la tête, et je fixai ses yeux sombres.

— Ce petit cri est pour moi seul. Personne de l'autre côté de cette porte n'aura une telle récompense.

Je hochai la tête, emmêlai mes doigts dans ses cheveux.

— Kass. Plus.

Il s'attaqua à mon pantalon pendant que j'enlevais mes talons et les jetais à travers la pièce. Vu qu'il n'avait pas compris que la fermeture éclair était sur le côté, je repoussai ses mains et la fis descendre moi-même. Kass s'occupa de son propre pantalon, et je restai immobile quand sa queue dure apparut.

— *Scheisse*. J'avais éprouvé du plaisir en faisant l'amour, mais j'avais le sentiment que la raison pour laquelle je n'avais pas été pleinement satisfaite était à cause de ce qui était en face de moi. Une bite d'alien. Kass était grand et son corps était plus que bien proportionné. Il avait une bite longue et épaisse comme une star du porno avec un gland large qui me faisait me demander si je pourrais prendre ce monstre dans ma bouche.

Mon corps se contracta d'impatience, mais je savais que je le sentirais pendant des jours. Ce serait un rappel de la réalité de son existence.

— Mon pantalon est baissé, tu es ma femme idéale. Tu n'as pas besoin de me féliciter.

Il saisit la base de son sexe et se caressa de haut en

bas. Une fois. Deux fois. Une goutte de liquide pré-séminale suinta du bout.

— Tu es arrogant.

Il souleva ses sourcils sombres et sourit.

— De bien des façons. Est-ce que tu mouilles pour moi ?

Je mis les pieds sur mon pantalon, le fis descendre jusqu'en bas, et l'enlevai d'un geste du pied. J'avais enlevé ma culotte avec, j'étais donc nue à l'exception de mon chemisier remonté sur mes seins et de mon soutien-gorge descendu.

Je pris sa main et l'amenai entre mes cuisses. Quand il y glissa deux doigts, je me relevai sur mes orteils et m'accrochai à ses avant-bras tendus.

— Ne me fais pas attendre plus longtemps, dis-je.

Il ne se fit pas prier. Il retira sa main, la glissa autour de ma hanche pour attraper mon cul. En moins d'une seconde, il me souleva, mes jambes s'enroulèrent autour de sa taille, sa queue se retrouva contre mon intimité, puis il me fit descendre sur lui.

J'arquai le dos à cause de l'étirement que je ressentais, mais le désir que j'avais pour lui facilita le processus.

Il me donna une seconde pour m'habituer, et nos regards se croisèrent. Restèrent fixés l'un sur l'autre. Je hochai la tête et puis il bougea. Ce n'était pas doux. Ou lent. C'était de la vraie baise. Contre le mur, des coups de reins en profondeur qui me remplissaient complètement. Encore et encore. Avec force. Nos corps se heurtaient, et ses doigts serraient mon cul.

Je ne voulais pas qu'il en soit autrement. Je le désirais comme une folle, et la façon dont il bougeait sans aucun rythme, presque désespéré de trouver son plaisir en moi, me disait qu'il ressentait la même chose pour moi.

J'avais besoin de ça. J'avais besoin de lui. Personne d'autre ne ferait l'affaire. Le désir que j'avais accumulé pour lui ne pouvait être apaisé que par cet accouplement brutal.

— Kass, gémis-je en laissant tomber ma tête contre le mur.

Sa seule réponse fut de répéter *à moi* plusieurs fois.

Mon clito était stimulé à chaque mouvement de ses hanches, et je jouis fort en me mordant la lèvre.

Kass suivit juste derrière moi, il poussa un grognement rauque dans mon oreille alors qu'il se penchait vers moi et me remplissait de son sperme, et de tout ce qu'il avait envie de me donner.

C'était fou. Nous étions en sueur. Essoufflés. J'allais avoir des bleus le long de ma colonne vertébrale, et mon corps avait pris une sacrée raclée. Mais il n'y avait plus aucun doute dans mon esprit, et dans mon corps, que Kass était bien réel.

Et dès que nous serions à nouveau présentables, je partirais avec lui. Sur une autre planète. Pour une autre vie.

Sur Vélérion.

4

Starfighter MCS Kassius Remeas, cuirassé Resolution, baie d'atterrissage

Je réglai la vitesse de la navette à son maximum et arrivai dans la baie d'atterrissage du Resolution quelques minutes après avoir franchi la porte nous permettant de sauter dans le système Vega. J'étais de retour chez moi. Mieux encore, Mia était assise à côté de moi, là où elle serait dorénavant, son visage plus calme que je ne l'aurais cru alors qu'elle contemplait les étoiles, la planète en dessous de nous et le cuirassé géant où nous allions maintenant nous installer. Les fonctions de pilotage automatique se mirent en marche et nous firent entrer avant de placer notre petite navette dans l'une des plateformes réservées.

— Bienvenue sur le Resolution, Starfighters.

Mia sursauta en entendant le message de bienvenue dans le cockpit et je fis un sourire.

— Merci, Resolution. Veuillez informer le général Jennix de notre arrivée.

— C'est fait, monsieur.

Un officier des communications d'un cuirassé venait de m'appeler *monsieur*. Je souris. Oui. Je pourrais m'habituer à ça.

Mia se frotta à nouveau la tête, et j'avais envie de la prendre dans mes bras et de faire disparaître sa douleur.

— Comment vas-tu ? Je peux retarder l'opération si tu as besoin de plus de temps pour t'adapter à l'implant.

J'avais partagé avec elle les détails de l'injection de l'implant et les effets secondaires et lui avais proposé un sédatif pour qu'elle puisse dormir pendant le pire moment. Elle avait, bien sûr, refusé.

— Ça va aller. J'ai connu pire. Je ne veux rien manquer.

— Bien sûr que non.

Ma Mia, voulait tout voir. Analyser notre environnement. Saisir chaque détail. Son regard scrutait déjà le peu de choses visibles depuis la baie d'atterrissage du cuirassé Resolution. Elle tourna la tête pour regarder à l'extérieur de la navette, et j'eus du mal à résister à l'envie de caresser la peau douce de son cou. Encore une fois.

La marque sombre en forme de tourbillon sous son oreille me donnait envie de me pavaner avec cette belle et talentueuse femme et de la montrer à tout le monde. Afin que tout le monde voie les marques sur son cou et le mien, les marques d'une équipe de Starfighters mariés. Mais l'implant était en train de travailler sur le réseau neuronal de Mia, les nanites microélectriques du codage se connectant à son système nerveux humain pour s'assurer qu'elle puisse comprendre tout ce qu'elle voyait et entendait dans ce nouvel environnement. Une fois complètement intégrées, elles l'aideraient à voir plus clairement, lui permettraient d'augmenter son temps de réaction et de s'intégrer aux dispositifs des vaisseaux Vélérion avec une efficacité maximale.

Ça ne voulait pas dire que ces fichus implants ne posaient pas quelques problèmes. Les niveaux de douleur étaient équivalent à des coups de poignard dans le crâne lorsqu'ils se dupliquaient puis fusionnaient avec les neurones de l'hôte, c'était loin d'être agréable. Et le visage de Mia, marqué par la douleur, particulièrement autour de ses yeux et sa bouche n'avaient pas beaucoup évolué pendant notre retour vers le système Vega.

— Tu es sûre, Mia ? Je suis désolé de l'avoir implanté, mais je n'avais pas le choix. Je peux t'emmener à l'infirmerie. Je peux aussi te proposer quelque chose contre la douleur.

— Non. Kass, je vais bien.

Non, elle n'allait pas bien. Mais c'était une Starfighter MCS parfaitement entraînée. Fatale. Sexy. Et à moi. Si elle disait qu'elle allait bien, je respecterais sa volonté. Et je veillerais sur elle, qu'elle apprécie mes attentions ou pas. Je regardai Mia dans son uniforme de Starfighter MCS et laissai un sentiment de fierté, de satisfaction et de désir m'envahir. Elle était à moi. Elle était magnifique. Et elle était vraiment là. Après avoir emballé quelques-unes de ses affaires, visité le petit mais confortable endroit où elle vivait et lui avoir donné du plaisir jusqu'à ce qu'on s'écroule tous les deux d'épuisement, nous nous étions reposés quelques heures, puis je l'avais escortée jusqu'à mon vaisseau. Lorsque j'étais arrivé sur Terre, j'avais fait atterrir ma navette pendant que les humains dormaient, en utilisant la fonction de pilotage automatique pour garer mon vaisseau au fond de la grande rivière de la ville une fois que j'étais débarqué. Même sans l'eau, mon vaisseau serait resté caché des capteurs de la Terre grâce à une technologie furtive avancée.

Pour repartir, je l'avais accompagné au bord de la rivière au milieu de la nuit et avait appelé la navette. Regarder son visage lorsque le vaisseau était apparu de nulle part avait été l'un des moments le plus amusant de la vie, je n'avais pas ri comme ça depuis des années. Je m'étais senti comme un petit garçon montrant son nouveau jouet préféré.

Il n'était plus question alors que Mia se demande si tout ça n'était qu'un jeu.

Plusieurs heures de vol, un passage par la porte qui nous avait permis de sauter jusqu'ici, et on arriva enfin.

— Nous sommes chez nous, Mia. Bienvenue à Vélérion. Enfin, sur le cuirassé Resolution de Vélérion, actuellement sous le commandement du général Jennix.

— Putain !

Mia se mit debout et suivit le chemin que je lui indiquai jusqu'à l'écoutille de la navette. Elle jeta un coup d'œil autour d'elle avant de sortir sur la rampe.

— C'est *Battlestar Galactica*, niveau supérieur, c'est de la folie, comme Star Wars.

Elle se rapprocha et passa ses doigts dans mes cheveux, ce qui devenait rapidement l'une de mes choses préférées dans la vie. Est-ce que vous avez *la Force* ?

— C'est quoi la force ?

Elle arborait un sourire éclatant comme je n'en avais jamais vu sur son visage.

— Tu sais, un contrôle de l'esprit et de la télékinésie, le fait de savoir des choses sur l'avenir, ou de sentir quand quelqu'un que tu aimes est en difficulté. Une forme de télépathie, je suppose.

Intéressant.

— Non. Les humains ont-ils ces pouvoirs ?

Elle secoua la tête.

— Seulement dans les films.

Elle plaça sa paume sur la marque dans son cou et me fit un clin d'œil. Jusqu'à présent, en tout cas. On va voir ce que ces implants bizarres vont nous faire.

Elle avait raison sur ce point. Elle était la deuxième humaine à être implantée. Nos scientifiques nous avaient assurés que le processus était sans danger pour toutes les espèces, mais cela ne signifiait pas qu'ils avaient la moindre idée de ce que la technologie du codage ferait aux humains.

Quand je descendis en utilisant la rampe arrière de la

navette, la main de Mia dans la mienne, le capitaine Sponder, merde, se tenait là et nous bloquait le passage.

— Capitaine.

Je poussai Mia derrière moi, plaçant mon corps entre Sponder et ma compagne. Je me préparais à l'explosion verbale que je savais imminente. Sponder n'était pas censé être ici. Il était normalement à la surface de Vélérion, dans la station Eos et aimait s'y pavaner comme si cet endroit lui appartenait. Pourquoi était-il sur le cuirassé ?

— Pilote de navette, qu'est-ce c'est que cette histoire comme quoi vous avez été apparié et promu au grade de Starfighter MCS ? Votre candidature pour le programme de formation n'a jamais été approuvée.

— En fait, j'ai bien reçu l'approbation, rétorquai-je.

Mia en était la preuve.

— Qui a approuvé votre formation ?

Je fis un sourire. Je fus incapable de me retenir.

— C'est vous.

— Ta tête va sauter cette fois-ci, Pilote, me lança-t-il.

Les veines de ses tempes palpitaient.

Cet enfoiré n'était pas seulement mon ennemi juré qui voulait me voir à terre, maintenant il me suivait partout ? Il me hantait comme un fantôme ? Il était assez vieux pour être mon père et avait l'attitude et la personnalité d'un rat de la jungle de Vélérion. Il me détestait.

C'était réciproque. Il était bien connu et réputé pour son acharnement sur le personnel de rang inférieur, surtout les femmes. J'avais piraté le système et transféré l'une de ses cibles favorites pour servir sous le commandement d'un autre chef. Je l'avais privé de son plaisir et de ses jeux, l'avait empêché de tourmenter quelqu'un de plus faible et vulnérable.

Il se doutait de ce que j'avais fait, mais je n'avais jamais partagé la vidéo avec lui. Il n'avait aucune preuve. Bien sûr, je venais de l'admettre, mais encore une fois, aucune preuve réelle n'existait. Cette confrontation silencieuse avait duré pendant plus d'un an, jusqu'à ce qu'il refuse de me donner l'autorisation de suivre l'entraînement des Starfighters. C'était pour cette raison que j'avais piraté le dispositif et que je m'étais donné cette autorisation. J'avais pris ma carrière en main parce que je savais qu'il ne me laisserait jamais me libérer de son emprise. J'en savais trop sur lui, même si je ne savais probablement pas tout. J'étais une menace pour sa carrière.

Et maintenant, j'avais un grade supérieur au sien.

Il n'était pas content. J'avais réussi l'ultime tour de passe-passe juste sous son nez. J'avais contourné le seul et unique obstacle qu'il avait érigé et qui m'empêchait de devenir Starfighter. Il le savait, mais ne pouvait rien prouver. Encore une fois.

— Est-ce que vous proférez des menaces envers un officier de rang supérieur ? demandai-je.

— Je vais en parler au général.

Les cheveux de Sponder étaient gris. Son visage était marqué. Ses yeux étaient presque noirs et dépourvus de toute forme de compassion ou de chaleur. Je me demandais s'il n'était pas en partie cyborg vu le manque d'émotion et d'empathie qui le caractérisait.

— Je crois que mon grade est maintenant Starfighter MCS, répondis-je, de ma voix la plus grave.

Il n'allait pas tempérer mon bonheur. Mia était restée silencieuse pendant tout ce temps, il me faisait perdre du temps et gâchait son arrivée.

Je serrai la main de Mia et fis un mouvement pour le contourner, mais il plaça sa main devant ma poitrine. Il commençait à me porter sur le système parce que j'étais avec ma partenaire, celle qui était aussi ma femme. Il pouvait me faire chier autant qu'il voulait, mais je ne voulais même pas qu'il pose les yeux sur Mia.

— Ta candidature n'a pas été approuvée pour le programme de formation.

Je me tenais à côté de lui, mais nous faisions face à des directions opposées.

— Si.

— Non, certainement pas.

De toute évidence, on allait tourner en rond.

Je me retournai pour lui faire face et plaçai Mia derrière moi. Je n'avais pas réalisé à quel point son nez était pointu.

— Vous avez fait en sorte que ma candidature soit refusée.

Il inclina la tête.

— Tout à fait. Le programme Starfighter n'a pas besoin de quelqu'un comme toi.

À ce moment-là, je lui fis un sourire, en signe de victoire.

— En fait, ils ont besoin de moi.

— Je vais te dénoncer pour entrave aux protocoles d'entraînement et empêcher ton transfert dans le programme Starfighter.

— Vous pouvez déposer une plainte auprès du général Jennix, Capitaine, si vous estimez avoir été lésé par un officier de rang supérieur. Si vous voulez bien m'excuser, je dois emmener mon binôme dans notre nouveau logement.

Sponder se pencha pour regarder autour de moi, comme s'il n'avait même pas remarqué que Mia était avec moi auparavant. Il baissa la main et émit pratiquement un grognement en guise de réponse.

— Tu n'es pas mon supérieur, Pilote. Je vais m'occuper de cette affaire. Et cette femelle, où que tu l'aies trouvée, peut retourner sous n'importe quel rocher d'où vous êtes sortis tous les deux.

— Vous proférez des menaces à son encontre ? grognai-je.

Il se méprenait sérieusement s'il avait l'intention de se mêler de nos affaires. Rien ne m'empêcherait de prétendre à ce pour quoi j'avais travaillé si dur. Pas avec la vie de Mia en jeu. Son avenir. Sa carrière. S'il n'y avait eu que mon avenir en jeu, j'aurais supporté ses conneries, je l'aurais ignoré. Mais Mia comptait sur moi pour que je me batte à ses côtés.

Mia aurait besoin de moi. Pour piloter le Phantom,

pour assurer ses arrières, pour l'aider à pirater les réseaux de la flotte des Ténèbres, pour se sentir en sécurité, être heureuse et pour son plaisir. Elle s'était associée à moi, m'avait choisi par le biais du programme de questionnaire complexe qui nous avait finalement unis pour former une équipe de combattants soudée et hautement spécialisée. Nous constituions un duo de combattants fusionnel. Nous avions accompli toutes les missions de la Starfighter Training Academy. Ensemble.

Je l'admirais, j'avais combattu à ses côtés pendant des mois et, pour être tout à fait honnête, j'étais déjà fou amoureux d'elle. De sa détermination. De son intelligence remarquable. De sa bouche insolente.

Elle était à mes côtés maintenant, et *rien* ne pourrait nous séparer. Non seulement la loi de Vélérion interdisait de briser le lien avec son binôme, mais je veillerais aussi personnellement à ce que rien ne nous sépare.

Un technicien en communication s'approcha de nous. Il salua Mia d'abord, puis moi, et inclina sa tête vers Sponder presque après coup.

— Starfighter MCS. Bienvenue à bord. Nous vous attendions.

Je jetai un coup d'œil à Mia, qui semblait un peu déconcertée mais heureuse. Les paroles du technicien me faisaient plaisir. *Starfighter MCS*. Oui, ça sonnait bien.

— Son grade est lieutenant, et il n'est rien de plus qu'un pilote de navette, lança Sponder au technicien, dont l'échine se raidit.

C'était toujours sur ce ton que ce connard m'avait

parlé, mais j'avais toujours refusé d'accepter ça. Je ne faisais pas de courbettes devant des connards comme lui.

Le technicien nous regarda tous les trois, incertain. Puis il se crispa au moment où une grande femme s'approcha.

— Général Jennix, dit le technicien. Voici notre nouveau couple de Starfighter MCS. Kassius Remeas de Vélérion et Mia Becker de la Terre.

Le général sourit et se frottait pratiquement les mains avec une joie contenue.

— Bienvenue à bord, Starfighters. Je suis le général Jennix, et vous avez été placés sous mon commandement. Vous répondez directement à moi et à moi seul.

Elle avait insisté sur ce dernier point en fixant le capitaine Sponder.

Je lui fis un signe de tête, heureux que le général ait confirmé nos nouveaux postes.

— Merci, Général.

— Graves va vous montrer votre nouveau logement de fonction. Bien que je sois sûre que vous aimeriez prendre le temps d'apprendre à connaître votre nouveau logement, j'ai besoin de vous parler à tous les deux dans mon bureau dans l'heure. Nous avons un problème.

Elle sourit en contraste direct avec le frisson qui me remonta le long de la colonne vertébrale lorsque j'entendis ses mots.

— Les pilotes Starfighter Jamie et Alex ont intercepté un autre IPBM il y a moins de trois heures. Je m'excuse,

Mia Becker, mais vous n'aurez pas la chance de vous reposer.

Mia était restée silencieuse jusqu'à ce moment-là, et je me demandai ce qu'elle pensait exactement. Ce n'était pas son genre de tenir sa langue. Du moins, elle n'avait jamais mâché ses mots pendant l'entraînement. Mais maintenant, elle était sur un vaisseau de combat. Dans l'espace. Il n'y avait rien ici qui ressemblait de près ou de loin à la Terre. Je pouvais imaginer à quel point elle était désorientée. La seule chose qui lui était familière, c'était moi.

— Merci, Général, murmura-t-elle. Je ne dors pas beaucoup de toute façon.

Les paroles de Mia firent glousser le général.

— Très bien. Félicitations pour votre réussite à la Starfighter Training Academy. Vous êtes la deuxième terrienne à l'avoir fait.

— La Starfighter Jamie Miller et moi sommes amies. Nous nous sommes entraînées ensemble.

Le général hocha la tête.

— Excellent. Elle se tourna vers moi. Nous avons hâte de vous accueillir tous les deux parmi nous.

En d'autres termes, elle se fichait royalement de Sponder. Elle voulait des Starfighters MC et ce dès maintenant.

— Merci, Général, dis-je en lui faisant un signe de tête respectueux.

— Le transfert du lieutenant Remeas aux Starfighters MCS a été refusé, Général, dit Sponder en se plaçant près mon épaule. Je pense que vous devez savoir que ce pilote de navette a piraté le programme de formation et s'est inscrit lui-même dans le dispositif en allant à l'encontre de mes directives.

— Vous êtes le capitaine Sponder, je suppose, répondit Jennix.

Bien qu'elle soit plus petite que Sponder, elle le regardait de haut. Ses paroles abruptes et son regard d'acier indiquaient qu'elle n'était pas du tout impressionnée par mon ancien supérieur.

Sponder baissa le menton, bien que je doute qu'il ait une once de déférence dans son corps.

Le général ouvrit la bouche pour répondre, mais Mia la devança :

— S'il a piraté votre sécurité, Capitaine, c'est une preuve de plus qui démontre qu'il sera un MCS talentueux. Soit ça, soit vous avez vraiment besoin de revoir les protocoles de sécurité.

— Non, madame.

Sponder m'avait peut-être provoqué mais même lui n'était pas assez stupide pour manquer de respect ou désobéir à une Starfighter MCS qu'il ne connaissait pas, devant le Général Jennix. C'était un homme rancunier et amer, mais pas suicidaire.

— Deux excellents points, Starfighter, approuva Jennix en reportant son attention sur Sponder. J'enverrai une équipe à la station Eos demain à la première heure pour revoir ces protocoles.

— Oui, Général. Merci.

Je me retins de rire. Mia venait de rejeter la responsabilité de mon piratage sur Sponder et lui avait fait comprendre qu'il était en faute si son système de sécurité était laxiste. Et maintenant il allait devoir faire face aux bureaucrates. Les inspecteurs de Vélérion allaient examiner tout son réseau, interroger toutes les personnes sous ses ordres, réécrire ses programmes et réorganiser ses contrôles d'accès. Sponder allait vivre un véritable enfer pendant des semaines.

La sécurité du capitaine Sponder était excellente. Le piratage du dispositif avait nécessité un effort considérable sur plusieurs jours. Son système de sécurité était au top. J'étais juste meilleur.

— Le Starfighter Kassius Remeas est prié de prendre son service immédiatement, dit le général Jennix, puis il me regarda. En fait, j'ai besoin que vous confirmiez maintenant que vous acceptiez votre union en binôme afin que je puisse transférer le contrôle du Phantom immédiatement.

Mia semblait déroutée :

— Le Phantom ?

— Bien sûr. C'est le nom de votre vaisseau, non ? demanda Jennix tout en poussant une tablette vers moi.

L'écran lisse se divisait pour montrer une moitié avec mon visage alors que l'autre moitié de l'écran affichait ce qui ressemblait à une partie du programme d'entraînement. L'avatar de Mia et ses statistiques d'entraînement étaient répertoriés ainsi que le fait que l'entraînement était terminé, qu'elle avait été diplômée, qu'elle avait accepté le rôle de MCS et qu'elle avait accepté de s'unir à moi.

Je sentis comme un coup de poing dans mon estomac. Mia avait dit oui, évidemment, puisqu'elle était là. Je savais qu'elle était à moi, mais le voir sur l'écran ? Cela me donnait des frissons. Tout ce qui était requis maintenant, c'était ma confirmation finale. Je plaçai ma paume sur l'écran, et un sentiment de sérénité m'envahit. C'était réel. Définitif. Personne ne pouvait me prendre Mia ou le statut de Starfighter. Jamais.

Sponder m'arracha la tablette des mains.

— Général, je vous en supplie. Écoutez-moi. Cette recrue est entrée dans le programme de formation sans autorisation. Il devrait être dans une cellule, pas promu au grade de MCS.

Je souriais pendant que Sponder continuait ses divagations malavisées.

— Je vais rentrer à Vélérion, à la station Eos avec ce pilote et je m'occuperai de lui pour vous, poursuivit-il. Il sera rétrogradé pour son mépris flagrant des directives ainsi que pour une longue liste d'autres infractions.

D'autres infractions ? Je me retins de lever les yeux au ciel et dus faire preuve de toute ma volonté. Il ne faisait aucun doute que cette « longue liste » serait créée de toutes pièces au cours du trajet de la navette entre le cuirassé Resolution et la surface.

J'avais envie de frapper ce connard en pleine figure, mais le faire devant le général Jennix n'aurait pas été une bonne idée.

— La manière dont il est entré dans le dispositif n'est pas pertinente, dit Jennix, et intérieurement, j'émis un soupir de soulagement. Nous avons besoin de Starfighters maintenant. Vous êtes au courant de l'état actuel de la situation avec la flotte des Ténèbres. Les IPBM et leur lieu de fabrication doivent être découverts immédiatement. Nous avons besoin de combattants comme Kassius et Mia ou Vélérion, tel que nous le connaissons, ne survivra pas. Capitaine Sponder, le Starfighter Kassius Remeas n'est plus sous votre commandement. Je vous demande de retourner à la surface, à la station Eos, et d'attendre de nouveaux ordres.

— Oui, madame, grommela Sponder, en comprenant qu'il n'arriverait plus à rien.

Elle me regarda, puis regarda Mia.

— Starfighters, je vous attends dans mon bureau d'ici une heure. Graves ?

Le technicien qui nous avait accueillis à l'origine s'avança.

— Oui, mon Général.

— Conduisez-les dans leur logement de fonction. J'ai eu ma dose de conneries pour la matinée.

Jennix partit sans un mot de plus, et un silence gênant s'installa.

Mia inclina la tête pour inspecter Sponder de la tête aux pieds. C'était dommage qu'il soit la première personne qu'elle ait rencontrée ici.

— On dirait que ça n'a pas tourné comme vous l'espériez ?

Sponder se raidit et tourna les talons.

Je pinçai les lèvres pour étouffer un sourire.

— Profitez bien de la présence des inspecteurs, *Capitaine*, lui lançai-je.

Il s'arrêta dans son élan pour quelques secondes, renonça à se retourner vers moi et s'éloigna avec une telle raideur que j'étais sûr qu'il aurait pu comprimer du carbone et en faire un diamant entre ses fesses.

Avec un sourire, je fis pour la dernière fois, un salut dans le dos de Sponder qui battait en retraite. Ce geste était dénué de respect. Ce visage n'allait pas me manquer, mais j'avais le sentiment que ce n'était pas fini entre nous. Cela n'avait pas d'importance. Je n'avais pas besoin d'être son ami. Bon sang, je me fichais même d'être son ennemi. J'avais ce que je voulais parce que j'avais *fait en sorte* que ça arrive. J'avais gagné.

— Tu as piraté le dispositif pour devenir un candidat Starfighter ? murmura Mia.

— Eh oui.

— Heu... je suppose que tu es bon en informatique alors.

— Pas aussi bon que toi.

Ce compliment la fit sourire, ce qui me donna envie de l'embrasser. Mais j'avais constamment envie de l'embrasser. Entre autres choses.

— Si vous voulez bien me suivre, Starfighters, je vais vous montrer où se trouve votre logement de fonction, puis je vous conduirai au bureau du général.

Ce technicien était un vrai sage. Il avait observé les

tensions entre nous tous avec une expression parfaitement neutre.

— Vous travaillez directement avec le général ? demandai-je alors que nous le suivions dans une série de couloirs. J'avais laissé toutes les pensées concernant Sponder derrière moi.

— Je suis son agent personnel. Lieutenant Graves, à votre service, Starfighters.

— Merci, Graves, dit Mia.

Graves leva un sourcil dans ma direction.

— Vous vous êtes fait un ennemi aujourd'hui, Monsieur.

Je haussai les épaules.

— Ça ne date pas d'aujourd'hui.

— Ce genre de trou du cul ne ferait certainement pas un bon ami de toute façon, ajouta Mia.

Je levai sa main vers mes lèvres et déposai un baiser sur le dos de sa main.

— Comme toujours, ma Mia, tu as entièrement raison.

— En effet. Le visage de Graves avait repris son expression neutre alors qu'il nous conduisait à l'extérieur de la baie d'atterrissage et vers notre futur. À en juger l'empressement du général, il serait riche en action.

5

ia

Tout ce que j'avais vu du cuirassé, c'était le dos de Graves et beaucoup, beaucoup de couloirs. Dire que j'avais l'impression d'être dans un film de science-fiction était un euphémisme. J'avais *vaguement* l'impression d'être sur un cuirassé. Qui était énorme. J'aurais besoin d'un GPS et d'une boussole pour ne pas me perdre, et nous n'avions changé d'étage que deux fois.

Des gens, des Vélérions et d'autres membres de l'Alliance galactique, passaient et hochaient respectueusement la tête. J'avais l'impression qu'ils me regardaient bizarrement, mais je portais le même uniforme qu'eux. Enfin, sauf que le leur n'avait pas exactement le même emblème de Starfighter. Quand j'avais mis mon nouvel uniforme pour la première fois, j'avais eu l'impression de me déguiser pour Halloween. Je m'étais fait un chignon et avais enfilé une paire de bottes exactement comme celles que mon personnage portait dans le jeu. Mais elles étaient réelles. Le tissu était doux mais solide, apparemment à l'épreuve du feu et des balles, du moins partiellement.

J'aurais refusé de les porter, mais Kass portait les mêmes vêtements, on avait tous les deux des uniformes tous neufs qu'il avait amenés à bord de sa navette. Comme si on avait des costumes assortis pour aller à une soirée. Mais quand nous avions marché sur la rampe et que nous étions tombés sur cet abruti de Sponder, tout était devenu réel.

Nous avions à peine eu le temps de mettre le pied dans notre nouveau logement de fonction, qui ressemblait à une suite dans un hôtel cinq étoiles, un logement de fonction très chic pour des soldats. Quand j'avais mentionné cet état de fait à Graves, il avait haussé les épaules.

— Les Starfighters sont exceptionnels. Spéciaux. Nous en prenons soin du mieux que nous pouvons.

Je n'avais pas eu le temps d'explorer, mais les pièces dans lesquelles Kass et moi allions, apparemment, vivre à partir de maintenant étaient luxueuses, bien mieux que mon appartement à Berlin. Et nous étions dans l'espace. Sur un vaisseau de combat, bon sang !

— Combien de couples de Starfighters y a-t-il sur ce vaisseau ? demandai-je.

Graves n'hésita pas une seconde :

— Deux couples de pilotes de liaison et vous deux.

— Trois, alors ?

— Oui. Après l'attaque de la base Starfighter l'année dernière, les pilotes ont été partagés de façon stratégique. Vous êtes le premier et le seul couple de Starfighters MCS que nous ayons.

— Sur le vaisseau ?

— Dans la flotte de Vélérion.

Oh merde.

— Votre arrivée est un heureux hasard. Le général est impatient de vous confier la tâche de découvrir la source des nouvelles attaques. Sans une équipe de MCS, nous n'avons pas été en mesure de suivre les forces de la reine Raya ou de localiser leurs infrastructures technologiques.

Kass traversa les pièces pendant que je parlais à Graves.

— On va apporter nos affaires ?

Graves hocha la tête.

— Vos effets personnels ont été transportés de la station Eos et arriveront très prochainement. Starfighter Mia Becker, vos affaires seront déchargées de la navette et livrées avant que vous n'ayez fini avec le général.

— Très bien. Allons parler au général.

Graves nous guida à travers un autre dédale de couloirs et descendit deux étages de plus jusqu'au bureau de Jennix. Il ne parla pas davantage, heureusement. J'aurais été dépassée s'il nous avait fourni plus de détails pendant que nous marchions. Je savais que cette mission était également nouvelle pour Kass, mais j'ignorais s'il était déjà venu sur ce vaisseau ou s'il était en train de le cartographier dans sa tête comme je le faisais.

Pendant tout ce temps, il était resté à mes côtés. M'avait tenu ma main. M'avait regardée. Je n'avais pas manqué de remarquer qu'il avait empêché Sponder de s'approcher de moi, mais je n'avais pas besoin d'être protégée d'un type comme lui. Je travaillais dans les services de police et de renseignements. Les trous du cul n'existaient pas que dans l'espace. Et même là, mieux valait avoir affaire à un connard qu'à un monstre. On en avait aussi sur Terre.

Je tentais de rester concentrée, refusant de laisser ma tendance à tout analyser de manière excessive prendre le dessus. Le vaisseau, l'équipage, la réalité à laquelle nous étions confrontés, ça faisait beaucoup de nouvelles choses ! Ce n'était pas l'Allemagne. Ce n'était pas la Terre. Ce n'était même pas Vélérion. Nous étions sur un cuirassé flottant dans l'espace !

— Les Starfighters, Général, dit Graves lorsque nous entrâmes dans son bureau, puis il disparut pour vaquer à ses occupations.

— Mia !

Avant même que j'aie pu saluer mon nouvel officier supérieur, on me saisit pour me faire une énorme accolade.

— Oh mon Dieu, je n'arrive pas à croire que tu sois là ! C'est fou qu'on ait dû se rencontrer dans l'espace plutôt que sur Terre, non ? On étaient censées faire cette rencontre par le biais du système de communications, mais j'ai refusé. Il fallait qu'on se rencontre en personne. Je veux dire, c'est fou mais...

— Laisse ton amie respirer un peu, ma chérie, lui rappela doucement une voix.

On me repoussa, et je pus maintenant voir plus que les cheveux bruns de la personne qui m'étreignait. Ce fut la voix que je reconnus en premier, puis le visage. Ou alors son avatar que je connaissais si bien.

— Jamie ? demandai-je, en regardant de la tête au pied mon amie qui s'était volatilisée.

Elle avait des cheveux noirs, un visage rond, et un énorme sourire. Elle sautillait presque et ne tenait pas en place.

— Oui ! C'est incroyable, n'est-ce pas ?

Je regardai l'homme à côté d'elle. Je le reconnaissais également à cause du jeu.

— Waouh, dis-je, en permettant à mon cerveau de se mettre à jour. Tu es Alexius.

Il hocha la tête et sourit.

— Jamie m'a beaucoup parlé de toi ces derniers jours. Tu es exactement comme dans le programme d'entraînement. Je suis impatient de combattre avec toi. Tes compétences en MCS sont excellentes. Alex se tourna vers Kass. Je suis également ravi de faire ta connaissance. Nous avons de la chance, en tant que Vélérions, d'avoir de telles femmes comme partenaires.

Kass posa sa main sur mon épaule.

— Je suis entièrement d'accord.

Jamie me prit la main et me guida vers une chaise.

— J'ai regardé la façon dont tu as gagné contre le jeu, dit-elle.

Je me souvenais de la sensation que j'avais ressenti lors de ma victoire, quand Lily m'avait crié dans les oreilles. Quand je m'étais demandée où était bien passée Jamie, et il s'avérait qu'elle m'avait regardée au même moment.

— Je ne savais pas où tu étais. Je t'ai cherché partout.

Elle prit un air gêné.

— Sauf dans l'espace.

Je hochai la tête.

— Sauf dans l'espace. Pourquoi est-ce que tu n'as pas laissé un mot ?

— Pour dire quoi ? demanda-t-elle, en arquant un sourcil sombre. Le jeu est réel et je vais à Vélérion avec Alex ?

— Exactement. J'ai envoyé un message à Lily pour qu'elle ne s'inquiète pas aussi de ma disparition. Et aussi pour qu'elle sache que Darius allait venir frapper à sa porte.

Jamie se mit à rigoler.

— Oh la vache, j'aimerais pouvoir voir ça. Lily va être totalement paniquée.

— Qu'est-ce que tu fais ici sur le cuirassé ? Kass a dit que tu étais sur une base lunaire et le général a mentionné que tu avais intercepté une sorte de bombe.

— Tu es au courant pour les IPBM ?

Je fis oui de la tête.

— Eh bien, je ne savais pas comment ils s'appelaient à l'époque, mais la dernière mission d'entraînement du jeu avait évolué et incluait un vaisseau chargé de bombes pouvant détruire une planète entière. Je pensais que c'était une connerie de science-fiction dans le jeu.

— Elles sont réelles.

— Super.

Elle fronça les sourcils.

— Elles sont très dangereuses et je n'ai pas besoin de te dire que c'est réel. Il m'a fallu du temps pour comprendre que tout ce qui est ici est réel. Tout ce que nous avons rencontré dans le jeu est réel. Chaque base lunaire, chaque astéroïde et chaque planète ici. C'est comme vivre dans le jeu. J'ai même pu rencontrer la reine Raya, personnellement.

Je la regardai fixement. Elle avait rencontré la reine Raya ? *Scheisse.*

— Et ?

— C'est une salope psychopathe, bien entendu, une mégalomane déjantée et avide de pouvoir.

— Est-ce qu'elle a la même apparence ?

— Oui, même le trench-coat gris foncé est réel.

— Eh bien, ce ne sera pas un aussi gros choc pour moi. J'ai cru que c'était réel quand Kass est arrivé.

— Quand je t'ai montré ma cicatrice, ajouta Kass. Et d'autres parties de mon corps.

Il fit un clin d'œil.

Je rougis.

Jamie sourit.

Alex se pencha et dit quelque chose à Kass que je ne pus pas entendre, mais si le sourire sur son visage était un indice quelconque, ça devait être amusant.

Je fronçai les lèvres pour faire semblant d'être ennuyée, mais je n'étais pas gênée. La façon dont Alex regardait Jamie indiquait que leur relation était aussi torride que celle que j'avais avec Kass. Et ils étaient ensemble depuis deux semaines de plus.

Vu que Kass et moi avions fait l'amour dans les dix minutes suivant notre rencontre, nous aurions trop d'orgasmes pour les compter arrivés au quatorzième jour. Mon corps était encore endolori après l'intense expérience avec Kass à mon travail. Dans mon appartement. Dans ma douche. Sur mon canapé.

Sur Terre. Mon Dieu, ça semblait si loin.

— Tu n'as pas répondu à ma question. Pourquoi es-tu ici ? Sur le Resolution, je veux dire.

Jamie leva les yeux vers Alex.

— Nous avons terminé notre quart de surveillance de l'IPBM, et nous avons entendu parler de la nouvelle Starfighter MCS par le biais du système de communication.

Je pris sa main et la serrai fermement.

— Ça me fait plaisir de te voir. De te rencontrer. Ici. Mon Dieu, c'est fou, dis-je alors que le cœur battait la chamade. C'était exaltant. J'étais capable de partager cette expérience avec l'une de mes meilleures amies.

— Comment va Lily ? demanda-t-elle. Je suis sûre qu'elle va bientôt gagner et nous rejoindre.

— Oui, mais elle s'inquiète pour toi. Et maintenant pour moi aussi probablement.

— Mais tu as dit que tu lui avais envoyé un message. Qu'est-ce que tu lui as dit ?

— Je lui ai dit de battre le jeu, que Vélérion était réel, que tu étais déjà là-bas, et que je quittais la Terre avec Kass.

Mon sourire s'élargit.

— Et je lui ai dit que Darius allait venir la chercher.

— Plus vite elle finira, plus vite...

— Nous aurons bientôt une autre équipe de Starfighter Titan sur le terrain. Nous avons besoin d'unités Titan pour protéger notre infanterie et réduire l'ennemi en poussière, termina Jennix en entrant dans la pièce.

Je me retournai dans la direction de sa voix.

— Tout comme nous avons besoin de plus d'équipes de Starfighter MCS et de pilotes de Starfighter. Bienvenue à Vélérion, Starfighter Becker.

J'étais sûre que ce n'était pas exactement là où Jamie voulait en venir, mais on échangea un sourire. Nous savions tous les deux ce qui se passait lorsqu'un combattant de Vélérion se présentait sur le pas de la porte d'une fille.

Jamie se leva. Je fis de même. Kass était à mes côtés, et Alex bougea pour se rapprocher de Jamie.

Le général nous lança un regard pénétrant.

— Je suis heureuse que vous ayez pu avoir des retrouvailles, ajouta-t-elle, puis elle fit le tour de son bureau et s'assit.

Je m'assis seulement lorsque les autres le firent, je ne connaissais pas le protocole.

— Mais tout cela va devoir attendre. Je suis sûre que la Starfighter Miller vous a raconté comment ils ont intercepté le dernier IPBM qui visait Vélérion.

Kass hocha la tête et moi aussi. Nous n'avions pas eu les détails, mais j'en savais assez.

— Starfighters, veuillez informer les autres de ce qui s'est passé récemment.

Alex commença :

— Pendant notre évasion de la base de la reine Raya sur Syrax, la reine a déployé une nouvelle arme. Nous avons découvert qu'elle a des IPBM, des missiles balistiques interplanétaires, assez puissants pour faire sauter Vélérion.

— Ou la Terre, ajouta Jamie. L'air sombre sur son visage me disait que cette histoire ne se limitait pas à cela.

Alex poursuivit :

— Ce jour-là, les deux missiles IPBM ont été détruits. Depuis, nous avons des Starfighters dans les airs 24 heures sur 24 pour nous assurer que lorsque la reine en utilise un autre, nous le détruisons avant qu'il n'atteigne sa cible.

— Elle a essayé ? demandai-je.

— À trois reprises, ajouta le général.

Nous nous tournâmes pour lui faire face.

— Les Starfighters Jamie et Alex retourneront à Arturri pour leur période de sommeil. Pendant ce temps, vous allez tous les deux vous diriger vers une route commerciale très fréquentée, en mode furtif. Nous avons de multiples rapports concernant des vaisseaux de la flotte des Ténèbres se déplaçant de l'extérieur du système vers Xandrax.

Je devais avoir l'air un peu perdue, car le général clarifia.

— La flotte des Ténèbres et ses membres les plus puissants ne sont pas de notre système. L'implication de la reine Raya avec Xandrax est relativement récente, tout comme leur soutien à sa tentative de conquête de Vélérion. Ils aimeraient avoir ce système sous leur joug et la reine Raya joue un jeu très dangereux en choisissant de négocier avec eux. La technologie IPBM a été interdite par les traités de l'Alliance galactique il y a des siècles et si les systèmes de l'Alliance décidaient de s'impliquer, notre guerre pourrait s'étendre à plusieurs galaxies et à des centaines de systèmes stellaires. L'Alliance galactique ne veut pas que cela se produise.

Attendez, quoi ? Tout ça n'avait pas été dans le jeu.

— Alors, comment la reine Raya a-t-elle mis la main sur les IPBM ?

— Nous savons qu'elle est de mèche avec la Flotte des ténèbres. Mais comment les armes sont-elles arrivées dans notre système et où les cache-t-elle ? C'est ce que nous devons savoir. La flotte des Ténèbres envoie souvent des vaisseaux et des espions, mais elle ne fait généralement rien qui pourrait déclencher une guerre avec l'Alliance galactique. Nous pourrions avoir affaire à une entité indépendante, ou la flotte des Ténèbres essaie peut-être d'évaluer la propension de l'Alliance à entrer en guerre pour deux petites planètes.

Donc, il était question de trafiquants d'armes dans l'espace. De concours pour savoir celui qui allait pisser le plus loin. De politique. De tactiques. Bref. Les gens étaient pareils partout, la guerre était la guerre et il y avait aussi des connards dans l'espace. J'espérais pouvoir faire mon travail correctement cette fois-ci et ne pas faire tuer quelqu'un d'autre. Ou une planète entière remplie de personnes.

Ça me donnait envie de vomir sur mes jolies bottes neuves, ici même, dans le bureau du général. Merde.

— Vous allez vous accrocher à l'un des vaisseaux de la flotte des Ténèbres et pirater les réseaux de communication et de données du vaisseau pour découvrir l'emplacement du stock d'IPBM et, si possible, l'emplacement de leur lieu de production. Si nous pouvons détruire ces lieux, nous pourrons remettre les Starfighters en rotation pour des missions régulières. Nous avons été en position de défense ces dernières semaines. Il est temps d'inverser les rôles.

Jamie bailla. Je ne tenais plus en place et Jamie semblait s'affaisser. Elle se penchait sur Alex comme si c'était l'heure de la sieste et qu'il était son oreiller préféré. Je la comprenais complètement.

— Terminé, Starfighters. Excellent travail aujourd'hui.

Jamie se leva, puis me fit un sourire éclatant. Je levai la main pour échanger un « tope là » avec elle. C'était quelque chose que nous avions fait dans le jeu pour nous féliciter mutuellement, et c'était la première fois que nous pouvions le faire dans la vraie vie.

— À bientôt, lança-t-elle.

— Tu peux compter sur moi, répondis-je.

Alex s'inclina devant le général, puis nous fit un signe de tête à moi et à Kass avant de prendre la main de Jamie alors qu'ils se mettaient en route.

— Voici les détails de la mission, dit le général, puis elle les partagea avec nous.

Je prêtai une attention particulière comme je l'avais fait pendant la séquence avant le jeu. Mais ce n'était pas un jeu. Lorsqu'elle eut terminé, j'étais prête à entrer dans le véritable Phantom.

— Montrez-nous ce dont vous êtes capables Starfighters, ajouta-t-elle pour conclure.

— Nous allons trouver ces missiles, mon général, répondis-je.

— En mode furtif, s'il vous plaît, rétorqua-t-elle. Je ne veux pas vous perdre tous les deux lors de votre première mission.

Je lançai un regard vers Kass et il hocha la tête. Oui, nous allions prendre à la flotte des Ténèbres tout ce dont le général avait besoin et ils ne se rendraient même pas compte que nous étions là.

6

assius

Le lieutenant Graves nous escorta du bureau du général Jennix jusqu'à la baie de lancement qui servait aux équipes de Starfighters à bord du cuirassé Resolution. Notre premier arrêt fut la zone de préparation des missions, où l'on nous apporta nos combinaisons de vol. Graves attendit pendant que Mia et moi passions de notre uniforme noir standard à l'élégante combinaison spatiale Starfighter. Le matériau était fin et confortable, mais je savais que la combinaison nous protégerait des petits tirs de laser, qu'elle était ignifugée et, avec le casque rétractable que toutes les combinaisons spatiales de Vélérion avaient dans le col, capable de nous maintenir en vie lors d'une sortie dans l'espace, si nécessaire. L'uniforme ressemblait beaucoup à celui standard des Starfighters, sauf que les combinaisons spatiales avaient le casque intégré et que le tourbillon sur la poitrine était argenté et non noir.

Lorsque l'on eut revêtu notre équipement de vol, Graves nous fit traverser la petite zone de lancement. Il y avait deux équipes de pilotes Starfighters sur le Resolution, et leurs vaisseaux de combat élancés, d'un noir métallique étaient resplendissants. Ils me faisaient penser au danger, à la guerre et à la mort. Leurs plus gros vaisseaux étaient destinés au combat et bourrés d'armes et de carburant. Les vaisseaux MCS étaient tout aussi rapides mais plus petits. Plus élégants. Avec des armes limitées et l'intérieur était rempli d'équipements de communication et d'informatique plutôt que de canons.

C'était ce que j'imaginais, bien sûr. Je n'en avais jamais vu, seulement dans la simulation d'entraînement que j'avais faite avec Mia. Les vaisseaux furtifs MCS étaient si secrets que personne, à l'exception des équipes de mécaniciens spécifiques aux Starfighters, n'était autorisé à s'en approcher. Et ce, uniquement avec la permission du Starfighter affecté au vaisseau. En tant que pilote et second officier MCS, j'étais là pour servir de soutien à Mia. Je devais m'assurer qu'elle arrivait à bon port, qu'elle évitait les ennemis et qu'elle survivait pour combattre un autre jour.

Bien que je sois le pilote, le Phantom était le vaisseau de Mia, pas le mien. Sa position d'officier principal de MCS dans notre équipe signifiait que le vaisseau lui appartenait, comme je lui appartenais également. Corps et âme. Je souhaitais passer plus de temps seul avec elle. Pour apprendre à la connaître. Découvrir ce qu'elle avait dans la tête mais aussi son corps. Ça devrait attendre… pour le moment. Je n'étais pas sûr de pouvoir me retenir longtemps. Je voulais la toucher. La regarder pendant que je m'occupais d'elle, pendant que je la faisais crier.

Mia marchait avec dynamisme.

— Ton mal de tête est passé ?

Elle me fit un sourire.

— En grande partie. Je n'arrive pas à croire que je vais voir le Phantom. Pour de vrai.

Son enthousiasme était contagieux, et je lui fis un sourire tandis que nous accélérions le pas, ce qui fit lever un sourcil à Graves qui avait du mal à garder une longueur d'avance sur nous.

Je pensais être mentalement prêt pour affronter mon avenir sans détour. Cependant, lorsque je vis le Phantom pour la première fois, j'eus l'impression que mon corps tout entier se raidissait, un sentiment de crainte… et d'exaltation me traversa. Le vaisseau était un véritable cauchemar pour mes sens. Il était plus sombre que les profondeurs de l'espace. Fixant le contour de la coque, je plissai les yeux tandis que les bords se brouillaient, se déplaçaient et réapparaissaient dans un état de changement constant, comme quand de l'eau coule sur les rives d'une rivière la nuit. Un système hautement sophistiqué de panneaux en relief faisait littéralement scintiller la coque extérieure comme un mirage lugubre, malgré le fait que Mia et moi nous tenions à moins de dix pas.

C'était *véritablement* un vaisseau qui gérait des choses secrètes. L'ombre. La mort. Et j'avais piraté des systèmes informatiques pour être ici.

— Oh mon Dieu.

Mia semblait hypnotisée par le Phantom, les paroles qu'elles murmuraient envoyaient des frissons de la base de mon crâne à ma poitrine. Elle reconnaissait l'importance de ce moment autant que moi. Elle avait travaillé dur pour être ici. Pas seulement dans le programme d'entraînement, mais aussi au niveau des compétences qu'elle avait acquises au cours de son existence, dans son travail sur Terre. Elle était géniale, et on allait en avoir besoin pendant les combats contre la flotte des Ténèbres.

Graves fit signe aux deux mécaniciens qui se trouvait non loin de venir vers nous. Un homme et une femme, ils semblaient être jeunes mais marchaient avec confiance.

— Starfighters Mia et Kassius, voici vos deux mécas, ils sont appariés. Vintis et Arria. Voici notre tout nouveau couple de Starfighters MCS, Mia Becker de la Terre et Kassius Remeas, ancien pilote de navette à la station Eos.

Ils ressemblaient à des jumeaux dans leurs uniformes bleu foncé, avec l'insigne de Starfighter argenté en forme de tourbillon sur chacune de leurs poitrines.

Mia tendit la main, le pouce pointé vers le haut.

— Je m'appelle Mia. Enchantée de faire votre connaissance.

Les deux jeunes gens fixèrent la main qu'elle leur

tendait pendant quelques secondes, perplexes. Finalement, Arria tendit la main à son tour. Mia saisit la main d'Arria, la serra et la souleva, puis la tira plusieurs fois vers le bas avant de la relâcher.

— C'est un honneur, Starfighters.

Le large sourire d'Arria ne contenait aucune trace de malveillance tandis qu'elle étudiait Mia comme si elle regardait une déesse en chair et en os. Elle m'impressionnait, il n'était donc pas étonnant qu'elle impressionne également les autres personnes. Tant que c'était avec moi qu'elle allait au lit, j'étais prêt à la partager. Lorsqu'elle arrêta de fixer Mia, Arria se tourna vers moi et posa deux doigts sur sa tempe pour le salut habituel de Vélérion. J'y répondis de la même manière que Mia et attrapai la main de Vintis et fis la même séquence étrange de gestes étranges avec cet homme beaucoup plus grand que moi.

— Vintis, dit-il en guise de salut. Je suis fier de faire partie de ton équipe, Starfighter.

— Moi également. Nous garderons votre vaisseau en parfait état, Starfighters, nous assura Arria. Vintis s'occupe du gros du travail, et je me glisse dans les espaces restreints. Nous sommes les meilleurs mécaniciens du Resolution.

Vintis rajouta même :

— Les meilleurs sur Vélérion.

J'aimais leur attitude.

Graves en profita pour s'éclaircir la gorge. J'avais complètement oublié qu'il était là.

— Vous pourrez payer un verre à vos nouveaux mécas

quand vous reviendrez vivants de votre mission, Starfighters. Le vaisseau cible passera dans l'espace Vélérion dans quelques heures. Vous devez y aller.

Vintis avait l'air déçu mais était un vrai professionnel.

— Vous êtes prêts à partir. Le carburant et les batteries de secours sont à pleine capacité. Les armes sont chargées et armées. L'ensemble du réseau a été inspecté trois fois depuis que nous l'avons embarqué. Le Phantom est prêt à voler.

Mia me jeta un coup d'œil par-dessus son épaule, ses yeux brillaient d'impatience.

— Kass ?

J'avais envie de l'attraper, de l'embrasser, de la faire gémir de plaisir.

Alors je le fis.

Je lui attrapai le haut des bras, la serrai contre moi et fusionnai ma bouche avec la sienne. Elle fut surprise pendant une fraction de seconde, puis s'ouvrit à moi. Nos langues se mélangèrent, nos têtes s'inclinèrent pour que le baiser soit plus profond. Encore. *Encore plus*. Ma bite palpitait, elle en voulait plus.

Au lieu de cela, je me retirai. Souris quand elle ouvrit les yeux.

— Allons-y, ma femme. C'est l'heure.

Mia se passa la langue sur les lèvres et je poussai un petit grognement. Elle me délaissa pour passer la main sur la coque extérieure de notre vaisseau alors qu'elle se dirigeait vers la rampe.

— Il est magnifique. Je ne peux pas croire que c'est

réel. C'est comme si j'étais dans un épisode de *Star Trek* ou un truc de ce style. Pas de chemise rouge, non plus.

Je n'avais aucune idée de ce dont elle parlait, mais après avoir réajusté ma queue dans mon pantalon d'uniforme, je me dirigeai vers l'intérieur du vaisseau.

— On va bientôt commencer notre voyage vers les étoiles, ma Mia.

— Tu es content d'avoir piraté pour arriver jusqu'ici ? demanda-t-elle.

Je souris.

— Putain, ouais.

D'un bond, Mia franchit les dernières marches et posa fermement sa main sur les commandes du portique pour faire remonter la rampe et fermer les portes. Je me demandai pendant une seconde comment elle savait faire ça, puis je réalisai que nous avions tous les deux vu cette séquence d'événements des centaines de fois dans le programme d'entraînement. Elle entra et se tordit le cou pour regarder dans toutes les directions.

— C'est exactement comme dans le jeu. Même les boulons plats sur les panneaux du plancher. C'est juste incroyable.

Je lui attrapai les hanches, la rapprochai pour un baiser rapide et me forçai à reculer.

— J'ai hâte de le faire voler. Viens.

On trottina jusqu'au cockpit, ce qui ne nous prit que dix pas, puis je me glissai dans le siège du pilote tandis qu'elle prenait place dans le fauteuil du copilote. Une fois que nous aurions atteint notre cible, son siège glisserait dans la direction opposée à la mienne, où elle aurait accès à un large éventail d'équipements de surveillance et de piratage et aux systèmes de contrôle de mission les plus avancés, tandis que je piloterais le vaisseau et m'occuperais du système de défense et des armes. Ce dont, si nous étions bons dans notre travail, nous aurions rarement besoin.

Je m'assurai que nous portions tous les deux nos harnais de vol, démarrai les moteurs et demandai l'autorisation de décoller.

Mia se frotta les mains et fixa l'écran d'affichage.

— Allons-y, Kass. J'ai hâte de voir de près l'un des vaisseaux de la flotte des Ténèbres.

— Ils sont dangereux, Mia. Ce n'est pas un jeu. Ceux que nous poursuivons sont réels.

Allait-elle prendre des risques qu'elle ne devrait pas prendre à cause de la façon dont elle avait été entraînée ? Je n'avais pas envisagé cette possibilité jusqu'à ce moment-là. Elle était un peu téméraire. Sauvage. Tout comme moi. Ensemble, ça pourrait être un problème si nous ne faisions pas attention.

— Oh, je sais, rétorqua-t-elle. Mais cette salope de reine a essayé de tuer ma meilleure amie et d'anéantir toute votre planète. Si ce que le général Jennix a dit est vrai, s'ils anéantissent Vélérion, la Terre sera la prochaine sur leur liste de conquêtes, juste parce que Jamie vient de là. Moi aussi. Je ne vais pas laisser cela se produire.

Elle se déplaça sur son siège et pencha la tête pour me regarder. Ses yeux se rétrécirent, sa véhémence m'excitait. Personne n'avait le droit de s'en prendre à elle ou à ceux auxquels elle tenait.

— C'est hors de question. Tu comprends ? Cette garce doit être éliminée.

— Alors, ma femme, tu n'es pas téméraire, seulement assoiffée de sang ? lui demandai-je alors que notre vaisseau quittait la zone de lancement et s'enfonçait dans l'espace.

Mes paroles la firent éclater de rire.

— Exactement. Waouuuuh ! cria-t-elle quand les moteurs nous repoussèrent dans nos sièges.

Elle était magnifique. Parfaite. Mienne. Assoiffée de sang, d'une façon qui me convenait.

Nous volâmes à une vitesse proche de la vitesse maximale sur un large arc, vers les coordonnées de notre cible. Les radars avaient repéré qu'un vaisseau de la flotte des Ténèbres passait dans cette zone à intervalles réguliers depuis plusieurs jours. Nous devions procéder avec prudence. La régularité de l'apparition du vaisseau pouvait être un piège. Aujourd'hui, si nous avions de la chance, nous serions à proximité lorsqu'il traverserait l'espace contrôlé par Vélérion et nous réussirions à rester indétectés. Nous découvririons ce que ce vaisseau de la flotte des Ténèbres faisait ici et recueillerions les données dont le général Jennix avait besoin sans même que la flotte des Ténèbres ne s'en aperçoive.

Mia fixait les étoiles lointaines, l'obscurité de l'espace, et on resta immobile dans un silence complice pendant de longues minutes puis, elle brisa cette quiétude avec une question inattendue.

— Quel est le but de cette histoire de couple ? Dans le jeu, je pensais que c'était romantique et amusant. Mais je n'avais aucune idée que d'autres personnes, sur Vélérion, s'associaient aussi par paires. Comme les mécaniciens, ou les mécas, comme vous les appelez ? Tu sais, Vintis et Arria ? Ils sont en couple aussi, non ? Qu'est-ce que tout ça veut vraiment dire sur Vélérion ? On est mariés ? Fiancés ? On a une sorte de contrat de travail ? Les mains de Mia se déplaçaient à toute vitesse sur son panneau de contrôle comme si elle évitait délibérément un contact visuel. La façon dont elle pouvait parler et travailler prouvait ses incroyables capacités et son esprit complexe.

Je posai ma main sur la mienne et stoppai son mouvement.

— Mia, tu es à moi et je suis à toi. Nous avons travaillé ensemble, nous nous sommes entraînés ensemble, nous avons appris ensemble. Nous nous correspondons en termes de compétences et de tempérament. Nous avons des objectifs communs et nous partageons le même travail. Sur Vélérion, les équipes appariées sont plus fortes que les personnes qui tentent de travailler seules. Vous n'êtes pas appariés de la même façon sur Terre ?

Mia haussa les épaules.

— Quelquefois, mais pas comme ça.

— Alors comment les couples sont-ils unis ?

On arrivait près d'un astéroïde en rotation lente, et je

nous positionnai dans le même système de rotation pour que nous ayons l'air de faire partie du rocher.

— Eh bien, les humains sortent ensemble pour apprendre à se connaître. S'ils s'entendent bien et ont des atomes crochus...

— Des atomes crochus ? Entre humains ? Comment cela se produit-il ? Peut-on muer ? Echanger des fluides ?

Mia éclata de rire, mais j'étais sérieux.

— Ce n'est pas une blague, Mia. Si les humains ont ce genre de besoins biologiques pour survivre, nos équipes scientifiques et médicales doivent en être informées. Les réactions chimiques interpersonnelles ne figurent pas dans les rapports sur votre espèce.

Mia souriait toujours et retourna sa main pour que sa paume soit face à la mienne. Je gémis pratiquement de satisfaction quand elle entrelaça ses doigts dans les miens et nous unit pour que nous ne formions qu'un seul être.

— Non, je suis désolée. C'est juste une façon de parler.

— Je ne comprends pas.

— Peu importe. Mon Dieu, pourquoi c'est si dur ?

Je pensais immédiatement à une chose qui était très dure...

Elle appuya sa tête en arrière contre le siège.

— Si deux humains sont attirés l'un par l'autre, ils continuent à se voir. S'ils s'apprécient suffisamment, ils font l'amour. Et si c'est bien, et qu'ils tombent amoureux, ils se marient, s'installent ensemble, ont des enfants, une maison, un chien, un chat et tout le reste. Ils travaillent, vieillissent, se séparent, finissent par mettre les enfants à la porte et se disputent sans arrêt pour le reste de leur vie.

Je pris le temps d'assimiler ce qu'elle décrivait.

— Ça a l'air horrible.

Elle rit à nouveau.

— C'est le cas.

— Vous vous rencontrez, vous parlez, puis vous faites l'amour. Puis vous vous engagez pour la vie et commencez à procréer ? Et le partage d'intérêts et d'objectifs communs ? Le fait de travailler ensemble ? De devenir une équipe plus forte ? Vintis et Arria sont plus forts ensemble parce qu'ils ont partagé leurs connaissances et leur travail. Ils s'aident mutuellement pour résoudre des problèmes difficiles, font preuve d'empathie l'un envers l'autre, comprennent les défis que chacun doit relever. Comment les couples humains maintiennent-ils des relations fortes s'ils ne travaillent pas, n'apprennent pas et ne progressent pas ensemble ?

— Ils n'y arrivent pas.

Mia me lâcha la main, s'assit en avant dans son siège et scruta son pupitre de commandes.

— Le taux de divorce est d'au moins cinquante pour cent.

— C'est quoi un divorce ?

— La raison pour laquelle je ne suis pas mariée et que je ne veux pas d'enfants. L'amertume dans sa voix laissait beaucoup de questions sans réponse, mais Mia eut raison de reporter brusquement toute son attention sur autre chose. Le vaisseau cible venait de repérer les capteurs de notre vaisseau et s'approchait de nous. Je lui confirmai que nous étions en mode furtif et qu'ils ne seraient pas en mesure de nous voir. Néanmoins, je devais clarifier quelque chose.

— Tu es à moi, Mia, lui dis-je.

Elle n'aurait aucun doute. Pas avec moi.

— Tu ne vas pas t'apparier à un humain maintenant. Nous sommes unis, et je ne partage pas ma compagne avec d'autres hommes.

Ma Mia n'était pas timide. Elle se retourna pour me regarder, ses yeux sombres étaient remplis de désir.

— Je ne te partagerai pas non plus, tu es mon chéri, mon pilote. Que les choses soient claires.

— Je ne désire personne d'autre. Notre baiser aurait dû rendre tout ça évident.

— Bien.

Elle se détourna de moi et appuya sur le bouton de commande qui faisait glisser son siège en mode MCS.

— Maintenant, poursuivons l'un de nos objectifs communs dont tu parlais justement et piratons les circuits de ce fichu vaisseau.

— D'accord. On se bat maintenant et on baise plus tard.

J'attendis le moment idéal pour m'éloigner de l'astéroïde et m'engager dans la traînée de plasma du vaisseau qui passait. Le système furtif du Phantom avait été conçu pour imiter parfaitement la fréquence du flux de plasma interstellaire qui l'entourait, ce bourdonnement discret rendrait notre vaisseau totalement imperceptible dans l'univers et nous permettrait d'échapper à leurs capteurs.

Mia leva son regard vers le mien, comme je m'y attendais, et je fis avancer le Phantom pour qu'il se pose dans une rainure du vaisseau de guerre de la flotte des Ténèbres. Je m'étais attendu à quelque chose de petit, à une navette de contrebandier ou un chasseur Scythe en patrouille. Au lieu de cela, nous avions affaire à l'un des vaisseaux de guerre de la reine Raya. Ce vaisseau était gigantesque, pas loin de deux fois plus grand que le cuirassé que nous venions de quitter. J'avais déjà vu ces vaisseaux de loin lorsque je transportais ou déposais des troupes dans des zones de combat. Mais je n'avais jamais été aussi près.

Enfin, pas en dehors des simulations lors de l'entraînement.

— On est comme un petit poisson qui se colle à une baleine, murmura-t-elle.

Je jetai un coup d'œil dans sa direction. Ses mains se déplaçaient avec aisance sur le tableau de commandes. Ses épaules étaient détendues, son regard concentré. Je savais qu'elle avait réussi à se connecter à leurs circuits vu la façon dont ses lèvres se recourbaient légèrement. Quand elle se tourna vers moi, ses yeux brillaient d'excitation, j'étais prêt.

— De combien de temps as-tu besoin ? chuchotai-je.

Elle prononça sa réponse tout aussi calmement.

— De deux minutes. Le transfert de données est encore plus rapide que dans le jeu.

— Bien sûr. La technologie de la Terre est lente et primitive.

— Alors pourquoi vous ne partagez pas ? souffla-t-elle.

C'était une question sérieuse.

— Que ferait votre peuple avec une technologie plus avancée ? demandai-je.

Elle haussa les épaules.

— C'est simple. Ils s'entretueraient avec une plus grande efficacité.

— Tu viens donc de répondre à ta propre question.

Elle tourna la tête et étudia ses moniteurs, ses mains se déplaçant pour procéder à des réglages alors que le transfert de données fluctuait. Le silence dans le cockpit me fit jeter un coup d'œil par-dessus mon épaule mais je ne pouvais pas détourner longtemps mon attention des tableaux de bord de pilotage. Je devais manuellement nous maintenir dans notre position actuelle. Au moindre écart, nous risquions de trahir notre position ou d'entrer en collision avec leur vaisseau.

On travailla en silence pendant de longues minutes, tandis que j'utilisais toutes mes compétences pour nous maintenir correctement alignés avec une rainure sur le vaisseau de guerre géant. Ils commençaient une manœuvre de rotation que je soupçonnais être en préparation d'une sortie à grande vitesse de la zone. Nous ne pouvions pas rester aussi près du vaisseau quand il déciderait de partir. Nous serions détruits par leurs moteurs lorsqu'ils passeraient à côté de notre vaisseau.

— Mia, on doit y aller.

— Je sais. J'ai presque terminé.

Son corps tout entier bourdonnait d'énergie alors qu'elle se penchait en avant, ses doigts et les contrôles optiques bougeant à une vitesse incroyable. Plus vite que lors de nos simulations d'entraînement.

— Mia.

Le grand vaisseau commençait à bouger au-dessus de nos têtes, c'était maintenant ou jamais.

— C'est bon ! J'ai terminé, on y va !

Je relâchai l'impulsion du générateur de champ magnétique que j'avais utilisé pour nous aider à nous attacher à la coque extérieure du vaisseau de guerre, et le Phantom dériva loin du vaisseau de la flotte des Ténèbres comme des fragments de matière. Nous avions parfaitement contrôlé la vague de distorsion du plasma émise par le vaisseau.

Un étrange signal d'alarme retentit. Juste une fois. Un ping qui me fit sursauter alors que les écrans de Mia se remplirent d'interférences pendant plusieurs secondes avant de revenir à la normale.

Cette alarme de faible intensité s'arrêta soudainement.

— Qu'est-ce que c'était ? me demanda Mia.

— Je ne sais pas, mais c'est fini.

Je vérifiai toutes les sondes et tous les capteurs, tout ce qu'il me venait à l'esprit tandis que Mia faisait de même.

— Tu as trouvé quelque chose ?

— Non. Je suppose que ça devait être le champ de

plasma. Ou peut-être les radiations cosmiques ? Le noyau de distorsion ? Une tempête solaire ? Je suis à court de mots de science-fiction, et je n'ai aucune idée de comment fonctionnent ces trucs spatiaux. Je sais seulement comment faire fonctionner les choses autour de ce siège. Je détestais les cours de sciences.

J'étais totalement amoureux.

— J'étais pareil. Si je ne pouvais pas piloter ou pirater quelque chose, ça ne m'intéressait pas.

— Tu me voulais tellement que tu as piraté la Starfighter Training Academy.

— Tu ne t'imagines pas combien, répondis-je.

— Peut-être que ce système d'appariement est vraiment une super bonne idée pour les couples.

Je lui fis un sourire.

— Donne-moi quelques minutes, et je te convaincrai. Encore une fois.

Je jetai un coup d'œil aux capteurs, soulagé de voir que le vaisseau de guerre s'éloignait de nous à un rythme de plus en plus soutenu. Aucun chasseur Scythe en route. Aucun souci de communication. Il semblait que nous avions accompli notre mission sans être détectés.

C'était tellement mieux que d'être un pilote de navette. Et avec Mia à mes côtés...

Encore quelques minutes et je l'aurais pour moi tout seul. La mettre nue serait ma priorité absolue.

7

Quelques minutes de plus ? J'avais envie de lui maintenant. Je me tortillais dans mon fauteuil en écoutant ses promesses. Le signal sonore ne s'était pas répété et l'adrénaline me parcourait le corps. Nous étions loin du vaisseau de la flotte des Ténèbres et avions récupéré les données.

Nous avions accompli une vraie mission.

— C'est toujours comme ça ? demandai-je.

— Comme quoi ? répondit Kass en surveillant la trajectoire du vaisseau pour notre retour sur le Resolution.

— Comme... la folie. L'exaltation. C'est tellement mieux que le jeu.

Bien sûr, nous nous étions faufilés tout près, sans être détectés. Nous n'avions utilisé aucune des techniques de combat que nous avions pratiquées dans le jeu. Mais quand même… c'était *réel*.

Je regardai l'espace par la fenêtre. L'espace. Est-ce que je m'y habituerais un jour ? Il n'y avait pas de vert. Pas de ciel bleu. Je me demandais à quoi ressemblait Vélérion. Était-ce comme la Terre ? La Starfighter Training Academy ne faisait pas beaucoup référence à la planète mère. Comme nous étions stationnés sur un cuirassé, ce n'était pas comme si j'allais le découvrir de sitôt. Et d'après les données que nous venions de découvrir, nous allions probablement nous trouver au centre de la dernière bataille en date, contre la flotte des Ténèbres.

Maintenant que nous avions terminé, j'avais la bougeotte. J'avais l'impression que je ne pouvais pas rester assise, ce qui posait un problème dans un vaisseau spatial. Il n'y avait nulle part où aller.

— Que se passe-t-il, ma Mia ?

— Je suis… heureuse, admis-je, un petit sourire apparut sur mon visage. Non, c'est plus que ça. Je suis aux anges. Ça n'a rien à voir avec les parties que je faisais dans mon salon. Tu étais là avec moi à l'époque, mais je ne savais pas que tu étais réel.

— Tu as besoin d'un rappel ?

Certainement pas. Je savais qu'il était réel. Mon corps aussi. Mais j'étais de l'autre côté de la galaxie, à regarder l'espace. C'était comme si j'étais devenue une autre personne, complètement différente de celle que j'étais il y a quelques jours. Mais cette version de moi était réelle, elle aussi. Kass était allé sur Terre. Il avait vu mon autre vie. Et m'avait délivrée. J'étais littéralement tomber à la renverse, contre la porte, puis il m'avait emmenée sur une autre planète.

— Mia ? Je te veux. Nue. Maintenant.

Je rougis de partout, et mon cœur se serra. Il était intense, ça c'était clair. Et je l'aimais comme ça. Je jetai un dernier coup d'œil à mes capteurs pour m'assurer que nous étions totalement et complètement seuls ici.

— Kassius Remeas

— Nue, Mia.

— Je sais que tu es réel.

— Tout à fait.

— Ta bite magique l'est aussi, rétorquai-je en triant les données que j'avais téléchargées pour qu'on puisse s'y retrouver.

— Magique ? dit-il en rigolant.

— Je n'arrive pas à croire qu'on a réussi. C'est tellement surréaliste.

— C'est la réalité. Maintenant les spécialistes du général peuvent analyser les données et planifier une attaque.

— Comment vont-ils faire exploser les IPBM sans détruire une planète entière ?

— C'est à Jennix et aux autres de s'occuper de ça. Par le passé, nos équipes scientifiques ont suggéré que nous les tirions vers notre étoile, Vega. Ce n'est pas à nous de nous en inquiéter. Quand nous rentrerons, nous devrons nous reposer.

Je le regardai, et entendis le timbre plus grave de sa voix.

— Nous reposer ?

— Dormir. En tant que pilote, je suis tenu de me reposer pendant une durée de douze heures avant une nouvelle mission. Toi aussi.

— Devons-nous... nous reposer pendant tout ce temps ?

Il jeta un dernier coup d'œil aux commandes, puis se déplaça pour m'accorder toute son attention.

— Ressens-tu le désir d'après combat ?

Je fronçai les sourcils.

— Quoi ?

Son regard sombre me dévorait des yeux. Chaque centimètre de moi, et son attention me donnait comme des picotements dans les tétons.

— C'est quand un combat est terminé et que ma bite est dure. J'ai besoin de baiser. Vite. Avec force. Sans retenue. Ça fait partir l'adrénaline.

— Je n'ai pas de bite, rétorquai-je.

Il me fit un clin d'œil.

— Je suis bien conscient de ce que tu *as*.

Je me mordis la lèvre.

— Je ne sais pas si c'est du désir d'après combat ou quoi, mais j'ai besoin de toi. Maintenant. Je ne peux pas attendre que nous soyons de retour dans notre logement de fonction.

Il déclipsa son harnais.

— Alors, on ne va pas attendre.

— Quoi ? Quand il me fit un petit signe du doigt, je regardai autour de moi.

— Ici ?

Il m'avait dit de me mettre nue, mais je pensais qu'il m'allumait. Qu'il flirtait. Qu'il voulait faire monter le désir.

Mon corps aimait l'idée, mais le Phantom était petit. *Vraiment* petit.

— Ici. Maintenant. Tu vas grimper sur mes genoux et chevaucher ma bite jusqu'à ce que tu jouisses au moins deux fois.

Je plissai les yeux, à la fois excitée et consternée. Personne ne m'avait jamais parlé comme ça avant, pas sans s'en prendre une.

— C'est un ordre, Starfighter ?

Il pencha la tête sur le côté.

— Tu veux que je te donne des ordres ?

Est-ce que c'était ce que je voulais ? On avait fait l'amour dix minutes après s'être rencontrés. Seule une porte nous avait séparés de mes collègues. Maintenant, il n'y avait personne autour. Il n'y avait rien autour.

J'avais besoin de ressentir la connexion avec Kass. Ses caresses. La sensation de l'avoir en moi. De savoir que nous étions en vie. Et j'en avais besoin maintenant.

— Oh oui, dis-je.

— C'est « oui, monsieur, Starfighter », répliqua-t-il.

Quand sa voix devint grave et dominatrice, je ressentis des frissons.

Je débouclai aussi mon harnais de sécurité et me mis à genoux. C'était comme se déshabiller dans un gros 4x4. Il y avait *un peu* de place mais pas beaucoup. Je heurtai un écran avec mon coude, donnai un coup de genou à quelque chose d'autre, me coinçai le pied pendant une seconde, mais me retrouvai finalement nue. L'armure de combat de l'uniforme de vol n'était pas facile à enlever.

Je venais de comprendre cela. Mais la façon dont Kass me regardait en valait la peine, car lorsque je me retrouvai enfin nue, il se passa la langue sur les lèvres et une chaleur torride se dégagea de son regard.

Il ouvrit son pantalon, souleva les hanches, et fit descendre le tissu. Bon sang, c'était tout ce qu'il avait à faire pour que sa bite se libère.

Je rampai sur tout ce qui se trouvait sur mon passage pour arriver jusqu'à lui. Ses mains se posèrent autour de ma taille pour m'aider.

Puis j'y arrivai enfin. Sur ses genoux. À califourchon sur lui, le dos contre son tableau de bord. Tout ce que je pouvais voir, c'était Kass.

Puis, je ne le vis plus du tout parce que sa bouche emporta la mienne dans un baiser torride. Enflammé. Charnel. Sauvage.

Il abandonna ma bouche, et avec une main pressée au centre de ma poitrine, il me fit basculer contre le tableau de bord pendant qu'il suçait l'un de mes tétons. Sans retenue. Je cambrai le dos et haletai, emmêlai mes doigts dans ses cheveux noirs.

— Tu as mis le pilote automatique, n'est-ce pas ? demandai-je, les yeux fermés.

Le plaisir qu'il me donnait en titillant mon téton se manifestait jusque dans mon intimité. Mon Dieu, j'allais jouir comme ça.

— On ne va pas aller s'exploser contre un astéroïde ou je ne sais quoi ?

Il se détacha de mon téton avec un petit bruit, j'ouvris et clignai des yeux. Il se pencha sur la gauche et vérifia le tableau de bord.

— Non. Et si tu penses encore à ça, alors je ne fais pas ce qu'il faut.

— Ce qu'on va faire, c'est que tu vas mettre ta bite dans ma chatte.

Un sourire se répandit sur son visage et sa main s'abattit sur mon cul, d'un coup sec.

Une chaleur explosa en moi en même temps que la douleur. Putain de merde, il m'avait donné une fessée !

— Qui a le contrôle ici ?

— Toi.

— Tu veux ma bite ?

Je regardai entre nous, elle était longue, épaisse et dégoulinait de liquide pré-séminal. Je voulais la lécher, mais j'étais une MCS, pas une contorsionniste.

— Oui.

— Alors soulève-toi et chevauche-là.

Je fis ce qu'il me disait, en poussant sur mes genoux et

en l'agrippant à la base. Quand je m'abaissai, je n'attendis pas, je le plaçai contre moi, puis le pris profondément.

Une fois en moi, il se mit à soulever les hanches et je suivis son rythme. Ma main heurta le tableau de bord quand j'essayai de garder l'équilibre.

Je souris, puis levai les yeux au ciel.

— Oui. Plus fort.

Il me saisit les hanches, me souleva et me laissa retomber alors qu'il remontait ses *hanches*. Nos corps se cognaient l'un contre l'autre, chair contre chair. Je me mis à crier. Les bruits sexuels que nous faisions était la seule chose qui remplissait la petite cellule de Starfighter... *Oui. Plus fort. Tu aimes quand c'est intense comme ça, hein ? Ta bite est si grosse. J'ai besoin de chaque centimètre. Prends-la bien. Je jouis !*

Il ne fallut pas longtemps pour que nous jouissions tous les deux. Il avait raison. Le sexe après une mission était intense, enivrant et tellement, tellement bon. Mon esprit cherchait déjà des excuses pour justifier ma réaction débridée. Sinon, je devrais admettre que ce besoin vorace que j'avais pour Kass était trop intense. Qui baisait comme des lapins dans un vaisseau spatial ?

Moi.

J'étais une vraie coquine de l'espace. Cette remarque me fit sourire.

En sueur et satisfaite, je me laissai retomber dans les bras de Kass.

— La prochaine fois, on...

— Vous le ferez dans votre logement de fonction.

Je me figeai en entendant la voix étrange qui sortait du système de communication.

Merde. Quelqu'un nous avait entendu. Je regardai Kass, qui semblait un peu décontenancé, mais qui souriait toujours.

— Starfighters, ici le cuirassé Resolution, commandement MCS au micro. Maintenant que vous avez terminé, désengagez le pilote automatique et rentrez à la base.

Kass se pencha en avant, sa joue effleura ma poitrine, et il appuya sur un bouton. Un bouton sur lequel il semblait que je m'étais assise et que j'avais activé avec mes fesses.

— Affirmatif, dit Kass, le doigt sur le bouton. On rentre à la base.

Il appuya sur le bouton, et je posai le front sur sa poitrine. Il était toujours en moi, et j'étais complètement nue.

— On s'est fait prendre…, dis-je.

—Tu t'es bien fait prendre en effet. Et on va recommencer à nouveau dès qu'on sera de retour dans notre appartement.

— On est vraiment dans la merde.

— Peut-être mais j'en doute, dit-il. Il lança un coup d'œil en direction de ma combinaison de vol que j'avais jeté sur le côté. Combien de temps te faut-il pour te rhabiller ?

Je fis le calcul dans ma tête.

— Peut-être cinq minutes, si on compte les bottes.

Avec un petit sourire, il se pencha en avant, passa ses

deux bras autour de mon corps, et je dus m'accrocher à lui, pousser ma poitrine sur le côté de son visage pour m'empêcher de tomber à nouveau en arrière.

— Qu'est-ce que tu fais ?

— Je mets le vaisseau en pilote automatique.

— Pourquoi ? Ils ont dit de retirer le mode de pilotage automatique et de retourner à la base.

Il mordilla le bord extérieur de ma poitrine, et mon corps réagit immédiatement, une décharge de plaisir traversa mon entrejambe qui commença à se contracter autour de sa bite en érection.

— Comme le trajet de retour dure plus d'une heure à travers une partie de l'espace fortement protégé par Vélérion, je nous ai mis en mode furtif, donc personne ne peut nous voir de toute façon, et...

Il termina ce qu'il était en train de faire derrière moi, puis se pencha contre son siège. Ensuite, il leva une main pour attraper mon menton et plaça l'autre sur la courbe du bas de mon dos.

— Et ?

Il se pencha et m'embrassa, cette fois-ci doucement, sans se presser. J'avais l'impression d'être vénérée. Désirée. Aimée.

— Et je n'en ai pas encore fini avec toi.

En utilisant mes muscles internes, je serrai sa bite encore et encore jusqu'à ce qu'il gémisse, ses baisers devenant sauvages. Désespérés. Incontrôlés. J'essayais de lui dire ce que je ressentais avec mes mains et ma bouche, mais quelque chose m'était arrivé. J'étais anéantie, tous les boucliers que j'avais construits autour de mon cœur s'écroulaient comme des pierres pendant un glissement de terrain. Je tremblais. Des larmes coulaient aux coins de mes yeux, et je n'avais aucune idée d'où elles venaient. C'était comme si mon corps pleurait pour moi.

Kass bougea ses hanches, et je gémis pour l'encourager, sans rompre notre baiser. Alors que nous avions tous les deux été déchaînés la première fois, maintenant c'était lent. Délibéré. Plein d'émotion, de désir et de satisfaction.

Ce n'était pas moi. Je ne croyais pas aux contes de fées, au grand amour, à la découverte de l'Elu, aux âmes sœurs. J'avais vu mes parents se détester, me garder prisonnière dans leur maison parce qu'ils restaient ensemble, pour moi. Mes collègues, l'un après l'autre, rentraient à la maison après un voyage à l'étranger ou une longue mission pour trouver une note au contenu glacial ou un placard vide et des papiers de divorce. L'amour était un mensonge créé par des substances chimiques dans le cerveau, conçu pour pousser les êtres humains à procréer.

Mais putain, ce mensonge était si bon. Je voulais croire que c'était réel, que Kass m'adorait, qu'il avait besoin de moi, m'aimait.

Il enroula sa main autour de ma nuque et me maintint en place. Je clignai des yeux et plongeai dans son regard sombre, complètement sous son emprise. Il aurait pu me demander n'importe quoi à ce moment-là, et j'aurais tout fait pour le satisfaire.

— Je peux sentir tes pensées, ma Mia.

Je ne lui refusais rien, mais je ne mettais pas non plus mon âme à nu à ses pieds. Le silence était souvent la meilleure réponse. Avec un baiser interminable, il déplaça son autre main entre nous, son pouce se rapprochant de plus en plus de mon clitoris.

— Arrête de penser.

Il déposa un petit bisou sur chacune de mes paupières avant de me tirer en avant pour que ses lèvres planent au-dessus de mon oreille.

— Je vais te faire jouir maintenant, mon amour. Encore et encore jusqu'à ce que tu me supplies d'arrêter.

J'eus un petit rire moqueur. Je ne pus pas empêcher cette réaction.

— Ça n'arrivera jamais.

Il tira sur le lobe de mon oreille avec ses lèvres.

— J'aime les défis.

J'eus un petit rire moqueur. Je me tortillai en entendant le son de sa voix et rougis car je n'avais jamais été aussi excitée par quelqu'un auparavant. Je n'avais jamais été aussi insatiable. Le sexe restait du sexe. Un orgasme me détendait, mais avec Kass, c'était tellement plus. Et je n'en avais jamais assez.

Lorsqu'on atterrit et descendit sur la rampe un peu plus d'une heure plus tard, mes genoux tremblaient et je n'avais toujours pas repris le contrôle de ma respiration. Je devais avoir l'air dans un sale état. Toute rouge. Les lèvres gonflées. Les yeux vitreux. Mais je me rendis compte, avec une certaine satisfaction, que Kass n'avait même pas pris la peine de se passer les doigts dans les cheveux. Peut-être que j'avais l'air bien baisée, mais lui, on aurait dit qu'il venait de sortir du lit.

Nous étions impénitents. N'allions pas chercher à donner des explications, à nous excuser, ou avoir honte.

Vintis et Arria marchèrent vers nous avec d'énormes sourires sur leurs visages.

— Comment ça a été avec le vaisseau ?

— Il y a eu un pépin pendant quelques secondes. Avec tout le système. Les écrans sont devenus vides, puis tout est revenu à la normale, dis-je.

Arria fronça les sourcils.

— Je vais m'en occuper. Je vais vérifier chaque câble et chaque connexion.

— Merci.

Vintis regardait Kass.

— Vous avez eu des problèmes ?

Kass me regarda, puis se retourna vers le vaisseau avec un air songeur.

— Non. Mais j'ai quelques modifications intérieures dont j'aimerais discuter avec vous.

Arria gloussa et je compris que Kass avait l'intention de s'assurer que la prochaine fois que nous ferions l'amour sur le vaisseau, ce serait plus confortable.

Avec un sourire qui était un pur bonheur, Arria pointa du doigt la baie d'atterrissage extérieure où le reste des vaisseaux du Resolution étaient stationnés.

— Vous feriez mieux d'y aller. Le général fait les cent pas depuis presque une heure.

Super.

Kass me serra la main, et nous marchâmes épaule contre épaule dans la baie d'atterrissage principale. Tout le monde, des mécaniciens aux équipes de nettoyage, se tourna vers nous et applaudit. Quelques-uns sifflèrent, et tout le monde souriait.

Et ce n'était pas parce que nous avions piraté le système de la flotte des Ténèbres et récupéré les données.

Non, c'était parce que je m'étais assise sur un bouton de communication avec mon derrière et que j'avais diffusé un porno en direct. Je ralentis mes pas, réalisant qu'il était possible qu'il ait été entendu par tout Vélérion et ses bases dans l'univers.

J'espérais que ce n'était pas le cas ! Combien de bases ou autres Vélérion avait-elle, exactement ?

— Jusqu'où vont les communications de notre vaisseau ? demandai-je à Kass.

— Elles restent sur une fréquence sécurisée, juste pour le Resolution.

Je soupirai de soulagement quand Kass me serra contre lui.

— Personne ne pourra douter de notre lien maintenant, ma Mia. Détends-toi. Tout va bien.

Je levai les yeux au ciel.

— Vu la réaction, je dirais que tout le monde est au courant.

Il rit et enroula son bras autour de moi, puis embrassa le sommet de ma tête. Il me guida à travers la foule, acceptant les remarques et les insinuations avec bonhomie. Je souris et même si j'étais gênée, j'étais aussi fière.

Tout le monde savait que nous étions un vrai couple apparié maintenant. *Tout le monde* savait que notre association fonctionnait. Kass était heureux, et je n'avais pas honte de nous.

J'étais même sacrément fière.

8

Mia, deux jours plus tard, sur le cuirassé Resolution

— Entrez et asseyez-vous tous lança le général Jennix.

Les Starfighters et les autres membres d'équipage servant sur le Resolution qui allaient participer à la mission s'installèrent sur des chaises alignées en rangs dans la salle de réunion. J'évaluais qu'il y avait une vingtaine de personnes présentes et au moins le double de monde assistant à distance via le système de communication qui recouvraient les murs autour de la pièce.

— Pour faire les présentations. Depuis Arturri, nous avons le Général Aryk et les pilotes Starfighter. On les nommera le Groupe un. De la station Eos, le capitaine Sponder dirige les pilotes de navette. Le général s'interrompit. Où est passé le capitaine Sponder ?

Je ne le voyais pas non plus sur l'écran. Cela faisait deux jours que je n'avais pas rencontré l'ancien commandant de Kass. Sponder était un connard, et il était clair qu'il détestait Kass.

Ce fait ne me dérangeait pas. Sponder était un de ces types qui ressentaient toujours le besoin de jeter leur bite sur la table et de sortir le mètre. Sur Terre, j'avais rencontré des tas d'abrutis comme lui. Des beaux mecs. Des tarés. Des soldats dévoués. Des commandants coincés. Des rebelles. Les gens restaient des gens, quelle que soit la planète où ils se trouvaient.

Kass, quant à lui, n'avait pas mentionné Sponder depuis cette première rencontre. Après notre mission, nous étions rentrés dans notre logement de fonction et nous nous étions reposés, comme le voulait le protocole. Mais Kass avait tenu sa promesse de me reprendre une fois au lit. Il m'avait lavée, avait fait apporter de la nourriture dans notre logement de fonction, puis m'avait fait l'amour jusqu'à ce que je perde connaissance. Je n'étais pas sûre que ce fût ce que Jennix entendait par se reposer, mais c'était une excellente façon de s'endormir. J'étais maintenant reposée, détendue et prête pour une autre mission.

— Nous ne savons pas, madame.

L'un des pilotes de navette travaillant sous le commandement du capitaine Sponder répondit au général, et je cessai mes pensées vagabondes. C'était une mission majeure. Importante. Si quelque chose tournait mal, je ne voulais pas que ce soit parce que j'avais raté quelque chose ou fait une erreur. Plus jamais. Jamais.

Jennix soupira.

— Très bien. Les pilotes de navette forment le Groupe deux. Ils s'occuperont du ravitaillement et des opérations d'évacuation depuis les baies de lancement du Resolution. Le général Romulus et les Starfighters Titans forment le Groupe trois. Ils concentreront leur attaque sur le site de production des IPBM une fois que l'équipe MCS aura détruit le bouclier et les systèmes de défense basés sur la lune. Le capitaine Dacron et ses équipes médicales forment le Groupe quatre. Ils installeront une zone de triage dans la soute du Resolution jusqu'à ce que nous prenions le contrôle de la planète. Une fois cela fait, ils s'installeront dans la cité Alpha, sous le plus grand dôme. Je suis le général Jennix, à la tête de notre nouvelle équipe de Starfighters MCS. Plusieurs escadrons de combattants provenant d'autres cuirassés ainsi que le soutien aérien pour l'assaut seront sous mon commandement. Nous sommes le groupe cinq.

Chaque groupe semblait être dans des pièces similaires aux nôtres et stationné quelque part autour de Vélérion. Je ne reconnaissais aucun visage, à l'exception de ceux de Jamie et d'Alex, qui étaient assis derrière leur général, Aryk, sur l'un des écrans. J'avais envie de les saluer, mais je savais que ça ne se faisait pas. Faire l'amour sur le Phantom en rentrant d'une mission était une chose. Interrompre le général Jennix pour saluer sa meilleure amie pendant un briefing en était une autre.

— Comme d'habitude, pour simplifier, tous les commandants seront identifiés uniquement par leur groupe, ce qui signifie que pour cette mission, je suis le commandant du Groupe cinq.

Tout le monde hocha la tête. J'étais reconnaissante, car je n'aimais pas les noms. Si je devais m'en souvenir pour communiquer, j'aurais de gros problèmes.

— Voici ce que nous savons, poursuivit Jennix.

Elle fit signe à Graves, et un grand hologramme tridimensionnel apparut au milieu de la pièce. L'image montrait une planète stérile qui ne ressemblait à rien d'autre qu'à des roches noires avec quelques petits dômes construits à la surface. La planète avait des calottes glaciaires bleutées à chaque pôle et une grande lune. Je levai les yeux vers les écrans pour voir que des formations identiques étaient apparues devant chaque groupe.

Je me penchai vers Kass et lui murmurai à l'oreille.

— Qu'est-ce qu'il y a sur cette planète ? De la glace ?

— Oui. Le système Vega contient de grandes quantités d'eau.

— Pourquoi c'est bleu au lieu d'être blanc ?

— À cause du méthane.

Et je m'arrêtai là pour les questions. La chimie n'était pas mon domaine. Mais la planète était étrangement belle avec sa roche sombre et ses calottes bleues.

— Pourquoi Jennix dirige-t-elle la mission ?

— Parce que le groupe MCS a les données, définit les paramètres et les exigences de la mission. Identifie les ressources nécessaires. Le cuirassé fera également office de centre d'opérations avancé, assez proche pour offrir un soutien mais juste hors de portée au cas où ces missiles exploseraient. Donc, Jennix est responsable du commandement, chuchota-t-il pour m'expliquer.

C'était logique.

Le général Jennix s'éclaircit la gorge et me regarda droit dans les yeux.

— Désolée, général.

Elle continua :

— Les données collectées par le couple de Starfighters MCS indiquent que l'emplacement du complexe de production des IPBM est la colonie de Vélérion, Xenon. Comme la plupart d'entre vous le savent, Xenon a été envahie par les forces de la flotte des Ténèbres il y a huit mois. Avec les pertes catastrophiques de nos équipes de Starfighters, nous n'avons pas été en mesure de lancer un assaut et d'en reprendre le contrôle.

Je supposais que ce petit récapitulatif était pour moi et Jamie, les deux seules étrangères dans la pièce. Cependant, il se trouvait aussi que nous étions des Starfighters essentielles à cette mission.

Des chuchotements émanèrent de tous les groupes, et Jennix laissa à chacun un moment pour assimiler les informations. Même si je n'étais pas dans l'espace depuis longtemps, la question des IPBM avait été un problème depuis la disparition de Jamie. Personne n'avait été capable de découvrir l'emplacement précis du stock ou de la structure de production de la Reine Raya. Jusqu'à maintenant.

— Nos colons sont également sous le contrôle de la flotte des Ténèbres depuis huit mois. La base lunaire de Xenon a été transformée en base de défense planétaire. Depuis que nous savons où chercher, nous avons envoyé plusieurs drones sur la planète afin de repérer ce à quoi nous pourrions être confrontés.

Jennix agita la main en l'air et la planète holographique s'élargit mais sa lune unique grossit de manière disproportionnée jusqu'à ce que nous nous retrouvions en face d'une longue base en forme d'arc implantée sur sa surface. Elle ressemblait à un mille-pattes noir géant avec un dos haut et arqué.

— La base lunaire abrite deux armes uniques. La première est un générateur de bouclier énergétique. Le champ de force créé par cette technologie rend impossible tout mouvement vers et depuis la surface du Xenon. La seconde est une technologie de diffusion à basse fréquence à l'échelle de la planète, nous pensons qu'ils l'utilisent pour maintenir les colons de Xenon dans un état de docilité ou de faiblesse. C'est une forme de manipulation subtile ou un contrôle de l'esprit.

Ces paroles provoquèrent une certaine émotion, et même Kass se raidit à côté de moi.

— La base lunaire est, selon les rapports, non habitée et gérée par un système de défense automatisé qui est surveillé à distance. Nous pensons que notre équipe de Starfighters MSC pourra s'approcher suffisamment de la base lunaire avec son vaisseau et sera en mesure de détruire les deux dispositifs. Le bouclier énergétique et les fréquences de contrôle mental sont diffusés simultanément. Si on peut en éliminer un, on devrait se débarrasser des deux.

C'était quoi ce bordel ? Une fréquence de contrôle mental ? Diffusée sur une planète entière depuis une petite base sur une lune ?

Je donnai à nouveau un coup de coude à Kass.

— La Terre a-t-elle ce genre de choses ? Cette technologie ?

Il frotta le haut de ma cuisse avec sa paume.

— Je ne sais pas. C'est possible. Vélérion n'aurait pas partagé cette technologie. C'est interdit depuis des siècles par l'Alliance galactique. Mais la reine Raya ne respecte pas exactement les règles. Et nos équipes de renseignement nous ont rapporté qu'elle envisage d'ajouter la Terre à sa liste de conquête.

Quelle garce. Pourrait-elle installer un système de contrôle mental sur la Terre depuis la lune ? Pour faire quoi ?

— À quoi sert cette technologie ?

Le général Jennix m'entendit et répondit à ma question.

— Elle génère des fréquences qui englobe la planète et génère la peur. On ne peut pas les entendre, mais leur énergie affecte le subconscient. Elle rend les gens tristes, fatigués, déprimés, maussades et désespérés. Surtout désespérés.

— Pour qu'ils ne se défendent pas.

— Pour qu'ils ne se défendent pas, oui, confirma-t-elle.

Scheisse.

Elle continua à s'adresser à tout le monde.

— Comme vous le savez, la surface de Xenon n'est pas habitable. On peut seulement vivre dans les cinq villes à dôme de la région sud, et elles occupent une petite surface. La population de la planète est minime. Il y a moins de cinquante mille personnes. On pensait que la reine Raya utiliserait la planète comme base opérationnelle, mais elle ne l'a pas fait. Nous pensons maintenant que Xenon a été conquise uniquement pour servir d'usine de production de missiles balistiques intégrés.

— Ils voulaient le minerai et les usines de Xenon, suggéra le chef du groupe quatre.

— Exactement, approuva Jennix. Et la main d'œuvre hautement qualifiée.

— Pour s'en servir comme esclaves, dit quelqu'un.

— Ce sont des prisonniers de guerre, bientôt libérés, rectifia Jennix.

Il y avait cinquante mille personnes sur cette planète ? Tous ces prisonniers ont été forcés de travailler pour la reine Raya ? Et toutes ces vies dépendaient de moi pour les libérer ?

Il faisait chaud dans cette pièce. L'air était étouffant.

Kass me serra la cuisse, et je me détendis suffisamment pour écouter davantage.

— Depuis que Xenon a été asservie, la reine Raya a eu des milliers d'ouvriers à sa disposition pour convertir rapidement l'usine et produire des IPBM. Ils ont concentré leur attention sur la production de missiles.

— Comment la flotte des Ténèbres contrôle-t-elle le peuple si elle n'a pas de base ? demanda le chef du Groupe quatre.

— La station spatiale lunaire est leur principal moyen de maintenir le contrôle. Des grilles de données ont été installées pour mettre un champ de force autour de la planète. Rien ne peut passer à travers. Pas de communications. Pas de navettes. Ils sont situés sous un filet de puissance mis en place par la flotte des Ténèbres. Cependant, d'après les données des drones que nous avons pu analyser, nous pensons qu'ils ont au moins deux escadrons de chasseurs Scythe ainsi que d'importantes forces terrestres à la surface. Abattre le champ de force sera le début de la bataille, pas la fin.

— Comment cela va-t-il se passer ? demanda l'un des pilotes de navette.

— Les deux MCS vont survoler la base lunaire et couper le champ de force et les générateurs de fréquence. Cela permettra aux pilotes de Starfighter, aux Titans et à nos forces terrestres restantes d'accéder à l'espace aérien de Xenon. Les pilotes de la navette suivront avec les forces terrestres. Une fois qu'ils auront atterri sur la planète et seront déployés, nous coordonnerons les frappes aériennes et terrestres.

— Si nous faisons sauter les IPBM, dans l'usine, nous ferons sauter la planète, ajouta le chef du Groupe numéro un.

— Nous avons l'intention de lancer les IPBM et de les projeter sur notre étoile, Vega, dit Kass, d'une voix qui portait. Vega peut absorber l'énergie de ces missiles et ne pas être subir de dommages.

Jennix fixait Kass.

— C'est exact. Le reste du débriefing de la mission sera dirigé par Kass et Mia, notre nouvelle, et unique, couple de Starfighter MCS.

Kass se leva et je clignai des yeux en le regardant. Nous dirigions une mission dans son intégralité ? D'accord... je savais que nous y arriverions. Nous l'avions fait dans le jeu. Mais dans la vraie vie, il y avait des vies qui allaient être en danger. Ce n'était pas un moment sexy. C'était une question de vie ou de mort.

Je me levai d'un bond, je ne souhaitais pas mettre Kass ou le général mal à l'aise.

Kass me prit la main et me conduisit à l'avant de la pièce pour que nous nous tenions à côté de Jennix.

— Le Groupe deux conduira des navettes pour larguer les Titans à divers endroits autour des villes biosphères sur Xenon afin de protéger les citoyens et les équipages de navettes contre un assaut terrestre. Dès que le champ de force sera désactivé, les escadrons de chasseurs Scythe seront mobilisés. Nous aurons besoin que nos pilotes Starfighter les éloignent de l'usine de missiles.

— Les pilotes de navette amèneront une équipe de scientifiques et d'experts en armement qui entreront dans l'usine de production et ils lanceront les IPBM opérationnels vers Vega.

— Ne serait-il pas plus facile de les diriger vers une bande d'astéroïdes ? demanda un pilote de navette.

— Bonne question. Ce serait plus facile, mais les débris des frappes de missiles se répandraient dans tout le système. Nous aurions à les éviter pendant des années, et nous ne voulons pas courir le risque qu'un astéroïde isolé ou qu'une grande pluie de météorites frappe Vélérion.

Le pilote prit un sourire un peu penaud.

— Ce serait terrible.

Kass hocha la tête.

— Affirmatif. Mia et moi allons détruire le bouclier de la station spatiale lunaire, ce qui libérera Xenon du contrôle de la flotte des Ténèbres. Les dirigeants des groupes ont reçu des instructions et des détails supplémentaires afin de préparer leurs équipages. Quand le champ de force sera détruit, tous les autres équipages seront en mesure de se joindre à nous.

Jennix hocha la tête.

— Navettes du Groupe deux, vous déposerez vos équipes et resterez dans l'espace aérien de Xenon, en attente, pour être récupérés ou aidés si nécessaire. Le reste des détails sont dans vos rapports de mission.

Kass regardait les systèmes de communication et le groupe présent.

— Nous pouvons maintenant nous diviser en petits groupes pour identifier les tâches spécifiques de chaque équipe.

Kass se tourna vers moi.

J'établis un contact visuel avec chaque membre de l'équipe se trouvant dans la pièce et sur chaque écran. J'étais superstitieuse à ce niveau, mais j'aimais savoir avec qui j'allais être, sur le terrain et dans l'espace.

— Restez vigilants et restez prudents.

Le général Jennix se mit les mains sur les hanches.

— Commandants des groupes, quelque chose à ajouter ?

— J'ai quelque chose à ajouter.

Cette fois-ci, c'était vraiment Sponder qui venait de parler, mais il ne le faisait pas à travers le système de communication, il n'était pas avec son équipe, il était ici. En personne. Tout le monde pivota pour le regarder.

— Capitaine, pourquoi n'êtes-vous pas à la station Eos ? demanda Jennix. Nous avons une mission à mener à bien.

— Parce que *ma* mission est de mettre celui-là en cellule.

Il pointa le doigt vers Kass.

Kass soupira.

Zut. Sponder était toujours dans nos pattes, et je le connaissais à peine.

— Et je vous ai dit qu'il n'est plus sous votre commandement, ajouta Jennix. C'est maintenant un Starfighter MCS.

— Il a accédé aux bases de données du Vélérion sans aucune permission. Il n'avait pas d'autorisation. Nous ne connaissons pas l'étendue de son infraction.

— Je vous répète que cela démontre ses compétences

en tant que MCS. Il est un véritable atout dans la lutte contre la flotte des Ténèbres.

— Je ne suis pas d'accord, répliqua Sponder. Il représente une menace. Une menace pour tout Vélérion, surtout depuis qu'il a piraté les données la Starfighter Training Academy pour en changer les scores.

Quoi ? Je me détournai de Sponder pour dévisager Kass. Il se renfrogna, on aurait dit qu''il était prêt à commettre un meurtre de sang-froid. Je ne pouvais pas lui en vouloir. Mais je voulais aussi savoir si l'accusation de Sponder était vraie.

— Vous voulez dire qu'il a triché ? demanda Jennix.

Kass avait admis qu'il avait piraté le programme d'entraînement pour être ajouté aux appariements potentiels, mais il n'avait pas dit qu'il avait triché pour compléter les niveaux d'entraînement et être diplômé. Pour s'associer avec moi. Pour combattre avec moi. Est-ce que tout était un mensonge alors ? Avais-je été trompé par quelqu'un en qui j'avais confiance ? De nouveau ? Mon erreur de jugement allait-elle entraîner la mort d'autres personnes lors de cette mission ?

Peut-être aurais-je dû rester derrière le bureau à Berlin, où personne n'était blessé si je faisais confiance à la mauvaise personne.

Le dos de Kass se raidit.

— Je n'ai rien fait de tel.

— Et on doit juste te croire ? demanda Sponder, le sourcil levé.

Les épaules de Jennix s'affaissèrent.

— Je pense que vos accusations sont tirées par les cheveux, Capitaine.

— Je ne vous crois pas.

L'homme qui se trouvait avec Sponder et que j'avais pratiquement ignoré jusqu'à présent, prit la parole.

— Je suis le commissaire Gaius.

Je n'avais jamais entendu parler du titre de *commissaire* auparavant. Ce n'était pas dans le jeu. D'après son âge et le style formel de ses vêtements (il ressemblait à un personnage d'anime avec des cheveux hérissés, des bottes fantaisistes et une longue veste très design, ornée de boutons élaborés) ça devait être une sorte de bureaucrate ou de politicien. Et puisqu'il se chamaillait avec Jennix, il était très probablement son supérieur. Cela signifiait que Sponder était si déterminé à éliminer Kass qu'il avait abusé de son rang et était passé au-dessus du général.

Je jetai un coup d'œil à Kass. Il suivait l'action comme tout le monde dans la salle, et sur le système de communication, mais son regard était sur Sponder et Kass n'essayait même pas de cacher sa haine.

Cette fois-ci était différente des autres. Kass serrait la mâchoire, et il n'avait pas seulement l'air en colère mais aussi choqué. Outré.

— Le capitaine m'a fait part de ses inquiétudes, et j'ai inspecté les enregistrements du noyau de données et examiné l'accès de ce MCS.

— Comment le capitaine a-t-il eu accès aux enregistrements de données ? Un capitaine n'a pas ce niveau d'accès, rétorqua Jennix.

— Moi, si, dit le commissaire Gaius, les yeux plissés. Il était clair qu'il n'aimait pas qu'on doute de lui.

— J'ai examiné la question personnellement.

Il se tourna vers Kass. Le MCS Kassius Remeas a non seulement accédé au programme d'entraînement pour s'y inscrire, mais il a aussi falsifié les données de la mission d'entraînement. L'exactitude et la validité de leurs résultats d'entraînement sont donc remises en question. Personnellement, je ne pense pas que Kassius Remeas ait terminé le programme d'entraînement et j'ai demandé aux commissaires militaires de procéder à un examen complet de ses états de service.

Kass leva une main, son regard passa de Gaius à Jennix.

— J'ai publiquement reconnu avoir piraté le système, mais je nie le reste. Nous avons terminé l'entraînement.

Gaius ne semblait pas se soucier de ce que Kass avait à dire.

— Kassius Remeas, vous êtes en état d'arrestation pour violation de secrets, accès à des informations du noyau de données au-delà de votre rang, violation d'un ordre direct d'un commandant, et plus encore.

Jennix s'avança, bloqua les gardes qui venaient d'entrer dans la pièce d'un simple geste du poignet de Gaius. Par-dessus l'épaule du commissaire, j'aperçus le sourire en coin de Sponder.

— Pas tant que la mission n'est pas terminée, dit Jennix. Commissaire, vous devez être conscient de la menace que représentent les IPBM pour Vélérion. Les

MCS Remeas et Becker ont découvert l'emplacement de l'usine et la façon dont la flotte des Ténèbres la contrôle. Le tenir à l'écart de la mission nous nuira à tous.

— Il a été utile, dit Gaius. Mais lui permettre de violer le protocole d'une manière aussi flagrante, et ensuite l'autoriser à diriger toutes ces équipes ? Non. Je ne prendrai pas ce risque. Pouvez-vous personnellement garantir qu'ils ont les compétences nécessaires pour diriger une mission aussi cruciale ? Son infraction signifie qu'ils n'ont pas fait le travail nécessaire. N'ont pas suivi la formation. Par conséquent, la vie de tous les membres de l'équipe sera en danger.

Il fit un geste du poignet en direction des systèmes de communication derrière elle. Jennix ne se retourna pas.

— Arrêtez-le après la mission. Que des gardes attendent son retour dans la baie d'amarrage.

Elle avait plus confiance en Kass que quiconque.

Plus que moi, apparemment.

Bien que Kass ait nié les dires de Sponder, il avait piraté le système d'entraînement. Il était donc logique qu'il ait aussi été capable de manipuler le jeu lui-même. Avait-il ressenti le besoin de tricher parce que je n'étais pas assez bonne ? Si j'avais terminé les niveaux du jeu, ce n'était pas parce que j'avais gagné en compétence, mais parce que Kass avait piraté le jeu pour garantir notre succès ?

Je fixai Kass. Il regardait toujours Sponder.

Gaius s'avança vers moi, me regarda de la tête aux

pieds. Comme s'il cherchait, et s'attendait à trouver, des faiblesses.

— MCS Becker, malheureusement votre statut de Starfighter est maintenant remis en question. Est-ce que vous méritez d'être ici ? Êtes-vous suffisamment compétente ?

Je levai le menton et croisai son regard. Je refusai de détourner le mien. J'avais déjà ressenti cela auparavant, quand on doutait de mes capacités. Quand j'avais fait confiance à un informateur, cru ses mensonges et mené une équipe dans une embuscade. Nous avions perdu deux personnes ce jour-là. Je m'en étais voulu, et je n'avais pas été la seule. Tous les autres me l'avaient également reproché. J'avais été rétrogradée, mise derrière un bureau. J'avais failli perdre mon travail.

Mon habileté sur un ordinateur avait sauvé ma carrière, même si cela n'avait pas apaisé ma culpabilité. Mais cette fois-ci, je n'avais pas de réponse. J'ignorais totalement si Kass et moi avions réellement accompli les missions et réussi par nos propres moyens, ou s'il avait triché et m'avait entraînée dans sa chute.

Étais-je assez compétente ? Ou était-ce un autre mensonge que j'avais gobé, proféré par un autre menteur à qui j'avais confié ma vie et celle des autres ?

Je me détestais un peu moi-même de douter comme ça de Kass, mais j'avais déjà été dans cette position auparavant.

Gaius qui me regardait de haut était la cerise sur le gâteau, et je n'avais rien à lui répondre. Pas. Un. Mot.

— Emmenez-le. Il déshonore l'uniforme des Starfighters, dit Gaius d'un autre geste du poignet.

Deux gardes firent cercle autour de Kass.

Je ne savais pas quoi faire. Ce qu'il fallait croire.

L'avait-il vraiment fait ? Avait-il vraiment triché pour être un MCS ? Son ambition n'avait rien à voir avec moi. Je ne lui en voulais pas de vouloir s'éloigner de Sponder, mais était-il vraiment allé si loin ?

J'étais blessée. Pas physiquement, mais étais-je ici parce que Kass avait triché et non pas pour mes capacités ? Est-ce que l'histoire recommençait ? N'étais-je qu'un dommage collatéral du trip pour le pouvoir d'un mâle alien ?

Kass fut rapidement menotté, mais il ne rendit pas les choses faciles. Sponder s'approcha de lui. Bien que le capitaine soit plus petit, il devait avoir l'impression d'avoir le dessus. Surtout que les mains de Kass étaient attachées dans son dos.

— Tu n'es plus vraiment un MCS maintenant, dit Sponder. On se rappellera de toi comme d'un Vélérion sans honneur.

Kass lui jeta un regard furieux puis lança la tête en avant et donna un coup de tête à ce connard en plein dans le nez. Putain de merde. Du sang giclait partout, je fis un pas en arrière. Sponder hurlait de douleur et se tenait le nez, il était probablement cassé.

Les gardes tirèrent Kass et commencèrent à le pousser hors de la pièce.

Scheisse.

Gaius et Sponder les suivirent et un silence s'ensuivit. Puis tout le monde se mit à parler en même temps.

— Silence !

Jennix leva les bras, et le silence revint rapidement. Elle jura dans sa barbe et se mit à fixer le sol. Personne ne bougeait. Personne ne clignait pratiquement des yeux pendant que nous attendions. Je restais silencieuse parce que j'étais abasourdie. Je n'étais pas en Allemagne, où je pouvais retourner à mon appartement, mettre un survêt et manger de la glace jusqu'à ce que je me sente mieux après une altercation avec un collègue. J'étais dans l'espace. Je n'étais même pas là depuis une semaine et... *scheisse*. Le seul gars que j'avais choisi, dont j'avais dépendu, que j'avais désiré, en qui j'avais eu confiance, bref, que j'avais aimé, n'était pas ce à quoi je m'étais attendue.

Pirater et repousser les limites était une chose. Que je pouvais comprendre. Mais manipuler des programmes d'entraînement quand la vie d'autres personnes était en jeu ? Quand les conséquences n'affectaient pas que lui ? Bon sang, les conséquences de sa tricherie m'*associaient* à lui. Pour la vie.

Nous unissaient. Ensemble pour toujours.

Mais que se passait-il quand une union était fondée sur un mensonge ? Quand on n'avait pas mérité d'être là ? Quand on n'avait pas vraiment accompli les missions ? L'entraînement ? Étais-je encore un Starfighter si Kass ne l'était plus ?

Que se passait-t-il maintenant ? Est-ce que j'allais

retourner sur Terre ? Je retenais mon souffle, attendais que Jennix dise quelque chose.

— Bien que cette situation soit pour le moins... regrettable, dit-elle, coupant court à mes pensées, cette mission va se dérouler, comme prévu, dans huit heures. Vous devez tous vous reposer, puis vous concerter avec vos commandants. Les équipes de soutien commenceront les préparatifs pendant ce temps-là.

— Attendez. Vous ne vous demandez pas si je suis assez compétente ? lui demandai-je en m'adressant à tout le monde.

— Nous n'avons pas le temps de tester vos capacités. Vous êtes la meilleure experte que nous ayons.

— Vous n'allez pas me renvoyer sur Terre ?

Les yeux de Jennix s'élargirent.

— Non. Pourquoi pensez-vous cela ?

— Je ne suis peut-être pas à ma place ici.

Je n'étais plus fière de ce que j'avais accompli. Nous étions peut-être le seul couple de MCS à être uni, mais notre réputation était compromise. Mes capacités étaient remises en question. Tous les participants à la mission allaient se demander si j'étais capable de faire ce qu'on me demandait. Si je n'allais mettre leur vie en danger.

— Le MCS Remeas fera l'objet d'une enquête. La vérité éclatera. La mission doit continuer. La menace que représente les IPBM doit être éliminée.

— Mais comment... commençai-je.

Jennix me coupa la parole. Je n'avais jamais piloté avec quelqu'un d'autre que Kass. Je l'avais eu à mes côtés pour chaque niveau du jeu. Je ne connaissais rien d'autre. Pourrais-je faire mon travail avec un étranger, peu importe ses compétences ? Pourrais-je faire mon travail tout court ? Ils comptaient sur moi pour détruire le champ de force et les générateurs de fréquence de la base lunaire.

— Vous aurez un nouveau partenaire de vol, un pilote, dit-elle. Ce ne sera évidemment pas Kass, mais un pilote qualifié, le meilleur que nous puissions trouver. Il ou elle sera nommé avant la mission.

Je m'approchai et parlai tout bas pour que les autres n'entendent pas.

— Qu'en est-il de notre union ? Je veux dire, est-ce que nous sommes toujours ensemble ? S'il a triché, pourra-t-il rester uni à moi ? Que va-t-il se passer entre nous deux ?

Elle me sourit gentiment. Pas comme un général, mais comme une femme.

Jennix avait pitié de moi. Comme si on m'avait trompé sur Terre. Kass n'avait pas eu de liaison, mais la base de notre relation reposait sur un mensonge. Je lui avais parlé des rencontres et des mariages sur Terre et du fait que je ne faisais pas confiance à ce système. Comment pourrais-je faire à notre propre union ? Une procédure de divorce était-elle possible ?

— Allez-vous reposer, MCS Becker. Vous avez un travail à faire bientôt, me dit-elle.

Je ne pouvais que hocher la tête. La dynamique de l'armée de Vélérion n'était pas quelque chose que je connaissais. Je n'avais jamais été soldat, pas comme le reste des membres du groupe. Mais je savais que je devais me montrer respectueuse. J'avais cru que ma place ici dans l'espace était sur un fauteuil MCS dans le Phantom.

Mais, est-ce que je le méritais vraiment ?

9

Mia, cuirassé Resolution, logement de fonction

On attendait de moi que je dorme. C'était même obligatoire. J'étais d'accord, en théorie. Mais puisque la mission avait été définie, ils s'attendaient à ce qu'on ne pense plus aux préparatifs, qu'on ignore toute l'anxiété qui accompagnait quelque chose d'aussi dangereux, et qu'on dorme ? Et là, je parlais juste de la mission... C'était sans compter le reste.

Le général Jennix voulait que j'aille à la base lunaire et que je désactive les dispositifs de la flotte des Ténèbres en les piratant depuis le Phantom alors que mon binôme avait été arrêté et jeté en prison ? Pour avoir triché ?

Je m'allongeai dans le lit et regardai le plafond. Me forçai à me calmer et à dormir. Mais ça ne venait pas. Les draps étaient emmêlés autour de mes jambes, et je me retournai sur le côté. Fixai le mur. Qu'est-ce que j'allais faire sans Kass dans le siège du pilote ? Serais-je même en mesure de pirater et de désactiver le champ de force sur Xenon ? Est-ce que j'étais réellement qualifiée pour cela ? Et si j'échouais ? Et si je ne réussissais pas et que Kass avait modifié le programme d'entraînement pour que je sois sélectionnée ?

Je remettais maintenant en question tout ce que j'avais fait dans le jeu. Parce que tout ce que j'avais fait, c'était avec Kass.

Est-ce qu'il s'était servi de moi ?

Scheisse.

Tout le monde comptait sur moi. Sur nous, peu importe qui était l'autre moitié de la nouvelle paire MCS.

Le « nous » était supposé être moi et Kass. Mais maintenant, j'ignorais ce qui était réel et ce qui ne l'était pas.

Je fis une pause, réfléchis à ce qui *était* réel.

Kass avait admis qu'il était entré dans le programme des Starfighters illégalement. C'était un fait. Sponder le détestait. D'après ce que Kass avait dit, cela durait depuis longtemps. Quand j'étais arrivée sur le cuirassé, Sponder avait été là. Il l'avait attendu. Il avait découvert le transfert de Kass dans le groupe MCS quand Kass était sur Terre. Sponder n'avait pas parlé d'infraction à ce moment-là. Il avait dû demander à quelqu'un d'y regarder de plus près, après ça. Mais pourquoi ? C'était Jennix qui avait remis Sponder à sa place, pas Kass. Je l'avais même rabroué.

Sponder n'aimait pas être humilié. Ça aussi, c'était un fait.

Pourquoi Sponder se comportait-il comme un connard ? Est-ce qu'il avait toujours été comme ça ou seulement avec Kass ?

Kass était arrogant. Il transgressait les règles. Il avait agi sans réfléchir aux conséquences. Pirater la Starfighter Training Academy et s'ajouter à la liste des candidats potentiels n'était pas la fin du monde. Jennix ne semblait même pas s'en soucier.

Mais tricher ? Les humains et les Vélérions avaient la même notion de l'honneur.

Kass était rebelle, sans aucun doute. Mais était-il un tricheur ? Un menteur ? Quelque chose clochait.

Jennix voulait que je dorme, dommage. Je quittai le lit et m'habillai. Un coup d'œil à l'horloge m'indiqua que plus d'une heure s'était écoulée pendant que mon cerveau était en ébullition. Oui, je m'étais reposée.

Maintenant il était temps de se mettre au travail. Si Kass s'était introduit dans le système, il devait y avoir une trace à suivre, des données et des enregistrements montrant qu'il avait ajouté son nom au programme d'entraînement. Des miettes de pain invisibles en quelque sorte. Je les trouverais. Je découvrirais aussi comment il avait triché.

Si Sponder l'avait trouvé, je pouvais certainement le faire. Et pourquoi Sponder avait-il perdu du temps à chercher ? Les IPBM étaient un énorme problème. Tout le monde travaillait jour et nuit pour régler ce problème.

Alors pourquoi Sponder était-il si concentré sur Kass ? Un tricheur représentait une certaine menace, certes. Mais Sponder n'aurait-il pas dû se concentrer sur le problème le plus crucial, à savoir sauver sa planète ?

Et pourquoi avait-il fait appel à ce vieil homme ? Ce commissaire. Sponder était au courant de la mission. Il était le chef du groupe deux. Mais il avait quitté sa base et ses hommes pour s'occuper de Kass. Ici, sur le Resolution.

Il y avait des choses à creuser, et j'allais les trouver. Kass m'avait montré que l'ordinateur principal était dans le mur. Mais il y avait une unité portable, comme un ordinateur portable, qu'on pouvait retirer pour travailler plus efficacement. Je le pris dans la borne d'accueil située sous l'écran du système de communication et me dirigeai vers le canapé. Je le posai sur la table basse devant moi et mis au travail.

C'était mon élément. Un écran avec un système de communication, un clavier, et l'accès aux données. À beaucoup de données. Je commençai à les parcourir, en débutant par la biographie de base de Kass. Quand son visage souriant apparut sur l'écran, je ressentis un pincement de cœur. Dans mon corps, bien sûr, mais aussi dans mon cœur. Quand j'avais accepté de m'unir à lui, je ne savais pas qu'il existait réellement. J'avais pensé qu'il faisait partie d'un jeu.

Je l'avais aimé. Même à l'époque. Mais maintenant ? Maintenant, je suivais la piste. Je remontais jusqu'au jour où j'avais commencé le jeu, quand j'avais choisi Kass en répondant à un questionnaire concernant les partenaires. Il avait accédé au programme même avant ça. Avait été accepté avant. Donc il avait attendu.

Cela démontrait qu'il ne m'avait pas visé spécifiquement. Il avait fait partie d'une longue liste de candidats. Mes choix avaient concordé avec son profil. Statistiquement, il était presque impossible que nous ayons été placés ensemble. Mais nous l'avions été.

Je continuai à chercher dans nos données d'entraînement. Les scores à chaque niveau.

Je m'immobilisai. Me figeai.

Tout était là. Les scores originaux. Les scores modifiés. Les modifications du code du jeu qui rendaient chaque niveau plus facile. Plus court. Donnait des vies supplémentaires. Des points. Tous les avantages dont nous avions eu besoin pour gagner.

Scheisse. Il avait triché. Tout était là.

Je m'appuyai sur le canapé. C'était vrai. Sponder ne mentait pas.

Bon sang, je détestais Kass. Je l'aimais, mais je le détestais pour ça. Il m'avait fait croire des choses. M'avait fait penser que j'étais différente. Spéciale. Importante.

Mais j'étais comme Sponder l'avait dit. Je n'étais pas à la hauteur. Pas digne.

D'une manière ou d'une autre, je devais surmonter mes doutes. Personne ne pouvait nier que j'étais compétente en piratage. Sur Terre et ici en tant que membre de l'équipe de Vélérion. Je ne faisais pas confiance aux gens, mais je faisais confiance aux données. Je pouvais les trouver. Comprendre les fluctuations, trouver des constances.

Mais quelque chose clochait dans ces données... Quelque chose me dérangeait. C'était purement instinctif mais je n'essayai pas de le nier. Il y avait quelque chose d'étrange dans cette situation. Quelque chose de trop personnel. Et les données n'étaient pas personnelles. Les données étaient une valeur absolue. Impartiales. Elles ne mentaient pas.

Je ne pouvais pas faire confiance à Kass, même si je l'avais pourtant jugé digne de ma confiance initialement. Je n'avais jamais fait confiance à Sponder.

Je n'avais personne d'autre. Personne ne me soutenait ici. Bien sûr, il y avait Jamie, mais elle était basée sur Arturri. Ce n'était pas la même chose. J'étais seule. Alors, je continuai à tapoter rapidement sur le clavier. Je lus. Comparai les données. Je fis des corrélations entre toutes les informations, sauvegardai des documents. Des articles de presse. Je me concentrai d'abord sur Sponder, puis sur le commissaire Gaius. Découvrit le programmeur qui avait créé la Starfighter Training Academy.

C'était un génie que j'aurais aimé rencontrer.

Sponder. Ce salaud avait laissé des traces partout. Et pas seulement sur la station Eos. Son dossier remontait à plus de dix ans, et c'était un peu trop impeccable. À part ses problèmes avec Kass, il semblait avoir un dossier parfait.

Un trou du cul comme ça ? Ouais, impossible. Il avait des amis haut placés, c'était la réponse que j'avais cherchée : capitaine Sponder, *neveu du commissaire Gaius*. C'était du népotisme dans toute sa splendeur, et il avait le complexe d'infériorité et la hargne qui allait de pair avec ça.

— Starfighter Becker.

Je clignai des yeux, tellement plongée dans les données que j'avais cru entendre mon nom.

— Starfighter Becker.

C'était bien le cas.

— Oui, dis-je, en réalisant que je venais d'être appelée par le système de communication.

— Présentez-vous au poste de pilotage.

Au rapport ? Maintenant ? Je regardai l'heure, découvris que plusieurs heures s'étaient écoulées. J'avais appris beaucoup de choses sur Sponder. Des choses qu'il ne voulait pas que l'on sache. C'était un vrai salaud, c'était un fait et tout le monde le savait. Mais il y avait plus. J'étais sur le point de découvrir bien plus le concernant. J'étais grisée, mon corps était envahi par l'adrénaline. C'était quelque part, camouflé dans les données. Il y avait quelque chose qui clochait sérieusement.

— J'ai juste besoin de plus de temps, murmurai-je.

— Négatif, répondit la voix même si je ne m'étais pas adressée à elle. La mission commence dans trente minutes. Vous devez être dans votre vaisseau dans quinze minutes. Le général Jennix veut que vous rencontriez votre nouveau pilote.

Je jetai un coup d'œil à l'unité de communication, même si ce n'était qu'une transmission vocale, et non vidéo. Mon nouveau partenaire. Je déglutis de travers. J'avais oublié tout ça, perdue dans les données.

— Oui. Je serai là.

Je me levai, fixai le pseudo-ordinateur. C'était dans ma nature de continuer. De continuer à creuser jusqu'à ce que j'aie les réponses. Mais la mission était plus importante. Kass avait triché. Les données étaient là, elles le prouvaient. Il ne pourrait pas voler avec moi. Je n'avais pas non plus la preuve, pas encore, que Sponder était plus impliqué que Kass ne l'avait dit.

J'allais obtenir ces données. J'allais coincer Sponder. Et puis j'allais m'occuper de Kass. Parce que j'étais en colère. Il s'était attaqué à la mauvaise personne. Je devais juste aider à sauver une planète avant tout ça.

———

Kass, cellule T-492

Gaius et Sponder m'avaient accompagné à la prison. Ils avaient amené quatre gardes pour s'occuper de moi. J'étais flatté.

Quand je regardai Sponder et son nez qui saignait, je ressentais une certaine satisfaction. L'enfoiré.

Je restais silencieux. Ce n'était pas le moment de parler. J'avais assez humilié Sponder. Faire quoi que ce soit maintenant, devant Gaius, serait stupide. Je n'avais aucune idée de la façon dont Sponder avait convaincu un commissaire de l'aider dans sa cause pour me voir rétrogradé au rang de chalutier.

Et pourquoi tout ça ? Je détestais ce type, mais une fois que j'avais été réaffecté au Starfighter MCS, je ne voulais plus entendre parler de lui. Pourtant, il avait persisté. Il s'était présenté ici, sur le Resolution, non pas une, mais deux fois pour s'occuper de moi personnellement.

Jennix devait se rendre compte que quelque chose ne tournait pas rond.

Mais la mission était d'une importance considérable. Les petites manigances de Sponder à mon encontre n'étaient rien comparées à la menace constante d'un IPBM qui ferait exploser Vélérion ou n'importe lequel de nos avant-postes. Jennix était concentrée sur ça. Pas sur moi.

Je n'étais pas inquiet pour moi. Je m'inquiétais pour Mia. Elle avait accepté son rôle de Starfighter MCS, et elle m'avait accepté comme binôme. Maintenant, à cause de toute cette merde dont Sponder était à l'origine, elle allait partir en mission sans moi.

C'était ma faute. Moi qu'on détestait. Mes choix qui allaient maintenant l'affecter.

Elle pouvait mourir. Qui serait son partenaire pour cette mission ? Était-il qualifié ? Aussi compétent que moi ? Est-ce qu'il s'entendrait et pourrait travailler aussi bien avec Mia que moi ?

Bien sûr que non.

Et c'était la motivation dont j'avais besoin pour

trouver un moyen de sortir de prison et monter dans le Phantom.

J'avais peut-être cassé le nez de Sponder, mais je n'allais pas me battre avec le garde. Je n'avais aucun problème avec lui. Il faisait son travail. Après notre entrée dans la zone de la prison, il n'en restait plus qu'un seul en service. Il se leva pour le commissaire et nous escorta dans un petit couloir. Je comptai deux cellules. De toute évidence, le Resolution n'avait pas beaucoup de prisonniers. Je supposais que tous les prisonniers de la flotte des Ténèbres étaient emmenés ailleurs. Cet endroit était pour ceux qui, comme moi, n'étaient pas dangereux et seraient transportés à Vélérion pour un procès.

En fait, je m'étais attendu à partir avec Gaius et Sponder, à quitter le Resolution, mais une fois hors de la salle de mission, ils s'étaient disputés.

— Il devrait être emmené à Vélérion pour un procès immédiat, avait dit Sponder à Gaius.

Gaius n'avait pas été pas d'accord.

— Le Starfighter est en détention, comme tu le souhaitais. Jennix a raison. Il y a une mission à exécuter qui est critique pour la survie de Vélérion. Ce n'est pas le cas de cette histoire. Il restera ici sur le cuirassé jusqu'à ce que la mission soit terminée.

— Mais... avait bafouillé Sponder.

— Tes équipes de navettes de la station Eos seront sans chef, capitaine. J'attends de toi que tu te concentres sur ton travail plutôt que sur cette vendetta.

Vendetta ?

Gaius avait raison. Sponder avait une dent contre moi. La haine de Sponder ne me surprenait pas. Mais l'obsession qu'il avait de me détruire était un choc. Je m'étais attendu à ce qu'il soit plus que ravi de ne plus m'avoir dans les pattes. Qu'il me laisse partir. J'avais sous-estimé son besoin de vengeance, de contrôle.

Je devais remercier Gaius pour le peu de temps qu'il m'avait accordé. Je devais partir d'ici avant que Mia ne s'envole. Je ne la laisserais pas voler avec un Starfighter MCS quelconque. La personne à ses côtés, ce serait moi.

Je devrais m'attendre à de sérieuses conséquences pour mes actions. S'échapper de prison après que plus de cinquante témoins avaient assisté à mon arrestation n'était pas très malin. Jennix ne serait pas en mesure de me protéger de ça.

Mais je devais m'occuper de Mia, c'était cela qui comptait.

Je me reposai pendant un certain temps, attendant une opportunité, somnolant et surveillant le changement d'équipe des gardes pendant que j'observais mon environnement. Je remarquai les panneaux recouvrant le système de contrôle enfoui dans les murs.

Ce n'était pas ma première fois en cellule et j'avais appris quelques trucs, mais je devais choisir le bon moment pour m'échapper. Mia avait besoin de moi, ce qui signifiait que je devais la rejoindre avant le début de la mission, mais pas trop tôt pour ne pas me faire rattraper et ramener ici.

Quand la mission fut à un peu plus d'une heure du lancement, je pris une profonde inspiration.

— Garde ! appelai-je. Dans cette cellule, il y avait de vrais barreaux, contrairement aux faisceaux laser utilisés dans la prison de haute sécurité de Vélérion.

Le garde sortit de son bureau près de l'entrée. Il était nouveau dans le service, peut-être âgé de seulement dix-huit ou dix-neuf ans.

— C'est votre premier poste ? demandai-je.

Il hocha la tête.

— Ça doit être ennuyeux.

Le coin de sa bouche se releva.

— Vous êtes le premier prisonnier que nous avons depuis que j'ai été nommé ici.

— Il y a quelqu'un en service en permanence ?

— Non, je fais partie de l'équipe de mécaniciens, mais je suis détaché comme garde *per diem*.

— Vous êtes d'astreinte lorsqu'un prisonnier arrive.

— Oui. Comme vous. Qu'avez-vous fait pour être jeté ici ? Il me regarda d'un air méfiant, comme si j'étais un meurtrier notoire.

— J'ai énervé un ancien commandant.

— Ils vous ont mis ici pour ça ? C'était si grave que ça nécessitait la venue d'un commissaire de Vélérion ?

— Ouaip, soupirai-je.

— Eh bien, pas de chance, mais je dois aller rejoindre mon équipe avant le lancement.

— Vous allez juste me laisser ici ? demandai-je, en feignant l'inquiétude.

— Oui, mais les contrôles électroniques surveilleront votre bien-être.

Je jetai un coup d'œil autour de moi.

— Quels contrôles électroniques ?

Il sourit. M'indiqua le mur.

— C'est un système à la pointe de la technologie pour un cuirassé. Les moniteurs sont reliés directement au poste de commandement central du vaisseau. Vous serez surveillé de là-bas.

Ce gamin était cool. Un geek comme moi.

— Avant de partir, tu peux me trouver quelque chose à manger ? Je ne veux pas qu'on m'oublie à cause de la mission.

— Bien sûr.

Il disparut pendant quelques minutes, puis revint avec un plateau rempli de rations alimentaires standard. Ce n'était pas très raffiné, mais ça ferait l'affaire. Il ouvrit la petite porte d'accès au milieu des barres et me passa le plateau.

— Merci. Bonne chance pour la mission.

— Ouais, enfoirée de reine Raya, dit-il avant de tourner les talons et de s'en aller.

Sous la vigilance des contrôles électroniques du système.

Je mangeai aussi vite que possible, parce que j'avais faim et que j'aurais besoin de tenir le coup quand je volerais avec Mia, puis posai le plateau sur le lit. Je ramassai le couteau. Il était émoussé et ne percerait probablement même pas la peau de quelqu'un, mais il ferait l'affaire.

Les murs et le plafond étaient d'un blanc lisse. Le sol avait une finition sombre et brillante qui correspondait au reste du cuirassé.

Sous l'un de ces carreaux au sol se trouvait le panneau de contrôle qui activait les serrures des barreaux de ma cellule de prison. Cela activait et contrôlait tout dans cette zone. Je devais le trouver et pirater les serrures pour sortir d'ici et retrouver Mia.

J'avais piraté la Starfighter Training Academy. J'allais être capable de pirater ça.

Presque une heure plus tard, je réussis. La porte de la cellule s'ouvrit, et je m'enfuis en courant. J'espérais pouvoir arriver à la baie d'amarrage à temps pour retrouver Mia avant qu'elle ne décolle.

Heureusement, le cuirassé tout entier était en mode de préparation au lancement. Je n'étais pas le seul à courir. Quand j'arrivai à la baie d'amarrage, je ralentis. Aucun des vaisseaux n'avait encore décollé. Mais les mécaniciens s'éloignaient de leur vaisseau ou effectuaient les dernières étapes de leur check-list.

Je me rendis dans les salles de préparation où se trouvaient les combinaisons de vol, je pris la mienne et l'enfilai en un temps record. J'activai mon casque rétractable pour cacher mon visage alors que je courais vers le Phantom et montai sur la rampe.

Mia et un connard que je n'avais jamais vu auparavant étaient en train d'effectuer les contrôles de vol.

— Tu es à ma place, dis-je.

Mia sursauta, regarda par-dessus son épaule et m'aperçut.

— C'est quoi ce bordel ? Kass ?

Avec un seul bouton, je fis rentrer mon casque pour qu'il se remette à nouveau à l'intérieur du col de la combinaison de vol.

— Pilote, j'ai dit que tu étais à ma place.

Le pilote semblait perplexe mais prêt à discuter. Je ne pouvais pas lui en vouloir. J'étais prêt à me battre pour m'asseoir à côté de la plus talentueuse et la plus belle Starfighter MCS que j'aie jamais rencontré.

Plutôt que de perdre du temps à discuter, je frappai le pilote à la mâchoire, satisfait de voir que je n'avais pas perdu la main. Il s'effondra sur son siège, inconscient.

— Kass, qu'est-ce que tu fais ?

Déboucler son harnais de vol me prit moins d'une seconde. Une fois détaché, je tirai le pilote pour l'enlever du siège, me déplaçai jusqu'au bord de la rampe et le fis rouler jusqu'en bas.

— Hé, les mécaniciens ! criai-je, Arria et Vintis accoururent.

— Il y a un problème ? demanda Arria. Le capitaine Sponder était déjà venu ici avec ce commissaire, il a demandé à jeter un coup d'œil au vaisseau. Il a dit que vous auriez pu faire quelque chose aux appareils de contrôle ? Comme saboter ou quelque chose dans ce style ?

— C'est un connard et il ne raconte que des conneries, dis-je en désignant le pilote inconscient. On avait un passager supplémentaire. Sortez-le d'ici et emmenez-le à l'infirmerie, s'il vous plait ?

— Pas de soucis.

Avec un sourire, Vintis souleva le pilote sur son épaule et s'éloigna.

Dès que nous reçûmes l'autorisation de décoller, je saluai Arria, appuyai sur le bouton pour fermer le vaisseau hermétiquement, et pris place à côté de ma Mia.

La mâchoire de Mia s'ouvrit, puis se referma, puis se rouvrit.

Je me penchai vers elle et déposai un baiser torride et langoureux sur ses lèvres muettes.

— Je t'ai manqué ?

— Qu'est-ce que tu comptes faire ?

Apparemment, je ne lui avais pas manqué. Elle avait l'air en colère.

J'actionnai la procédure de lancement et m'assis sur mon siège alors que le Phantom se soulevait du sol de la baie de lancement.

— Tu ne croyais pas vraiment que j'allais te laisser partir toute seule, n'est-ce pas ?

— Je n'étais pas seule.

— Si, mon amour, tu étais seule.

Mia ne discuta pas, et cela me parut être de bon augure. Je sautai sur l'occasion et décidai de lui dire ma version de la vérité, elle était la seule personne dont l'opinion m'importait.

— Mia, j'ai piraté le programme d'entraînement parce que Sponder avait refusé d'approuver ma candidature au programme Starfighter, alors que j'étais plus que qualifié. Mais c'est tout ce que j'ai fait. Je ne suis pas un tricheur ou un menteur, pas pour les choses qui comptent. Chaque mission d'entraînement qu'on a fait ensemble, on l'a terminée. Tu es ma femme, et je ne t'abandonnerai jamais. Je me fous de ce que Sponder prétend. Quand on reviendra de cette mission, je trouverai un moyen de prouver mon innocence et de détruire la carrière de ce connard, pour de bon, cette fois-ci.

— Cette fois-ci ?

On s'envola dans l'espace et je dirigeai le Phantom vers Xenon.

— C'est une longue histoire.

— On a le temps.

Non, pas vraiment. On se dirigeait vers la bataille, et je n'avais pas envie de passer tout ce temps à parler de cet enfoiré, mais...

— Arria m'a dit que le commissaire et Sponder étaient venus ici et avaient regardé le vaisseau ?

Mia hocha la tête, son attention commençait clairement à se concentrer sur la mission.

— En fait, Sponder était à bord quand je suis arrivée pour rencontrer le pilote que tu viens de frapper.

Je souris.

— Tu ne te souviens pas de son nom, c'est ça ?

Elle finit par sourire.

— Non. Ça te pose un problème ?

— Non, pas le moins du monde. J'essayai de trouver

une raison qui expliquerait pourquoi Sponder était monté dans notre vaisseau, mais n'en trouvai aucune.

— Le commissaire Gaius était avec lui ?

— Avec Sponder ? Non. Il était seul à mon arrivée, mais les mécaniciens ont aussi vu que le commissaire était ici. Il devait être parti au moment où je suis arrivée.

Mia se détourna de moi, son attention se portant complètement sur ses écrans. Ce qui me convenait parfaitement. Je ne voulais pas parler de Sponder, de Gaius ou de tricherie, et je ne voulais pas que Mia soit bouleversée juste avant une mission aussi cruciale.

Mais une fois que la mission serait terminée ? Cette histoire avec Sponder serait ma priorité, et je n'avais pas l'intention de perdre cette bataille-là.

Cette fois-ci, je n'hésiterais pas à détruire cet enculé.

10

Mia, le Phantom

Xenon Alpha, la lune qui remplissait nos écrans, était magnifique. Contrairement à la lune de la Terre, celle-ci ondulait en vagues de rouges, d'oranges et de bruns, elle ressemblait plus à Saturne qu'à la roche nue à laquelle j'étais habituée, la lune de la Terre était toujours argentée avec des cratères plus sombres. Je n'avais aucune idée de l'aspect de celle-ci depuis Xenon, mais la tache noire vers laquelle nous nous dirigions me rappelait, non pas la chenille que j'avais imaginée dans le briefing, mais une sangsue noire suçant le sang de la lune. Je n'avais aucune idée d'où venait cette image effrayante, mais je n'aimais pas cet endroit. Il semblait... malsain.

— Combien de temps avant que nous soyons à portée ? demandai-je.

— Une heure, plus ou moins. Kass était assis aux commandes de pilotage tandis que je surveillais chaque parcelle d'énergie, de fréquence ou de lumière approchant ou quittant la lune. Sa présence, même si j'étais toujours en colère contre lui, m'aidait en quelque sorte à respirer. La mission précédente avait été exaltante, une chance de prouver nos compétences, un voyage effréné dans l'espace sans risque pour personne d'autre que nous.

Cette mission était complètement différente. Les escadrons de combat du *cuirassé* Resolution étaient en alerte et attendaient que nous nous attaquions à l'étrange champ magnétique généré sur cette lune. Les Starfighters. Les pilotes de navette. Les équipes Titan. Et les habitants de Xenon, sa population tout entière était inférieure au nombre de personnes qui vivaient dans une banlieue de Berlin.

Ça ne représentait pas beaucoup de personnes à l'échelle planétaire. Mais quand chacune de ces vies sur cette planète dépendait d'une équipe de Starfighters MCS pour les libérer du contrôle de la flotte des Ténèbres ? Dépendait de *moi* ?

Kass et moi étions littéralement la seule équipe MCS. Nous étions seuls ici. Vraiment seuls. J'avais l'impression de faire évader une ville entière remplie d'innocents d'une prison de haute sécurité, et si je commettais une erreur, ils pourraient tous mourir. Des milliers et des milliers de prisonniers, morts en appuyant sur un bouton.

Avaient-ils ces colliers électriques au cou comme dans certains films de science-fiction ? La reine Raya avait-elle un gros bouton rouge sur son trône, une simple pression et la tête de tout le monde exploserait ?

— Je n'aime pas ça.

Normalement, j'aurais gardé cette pensée pour moi, mais j'étais avec Kass. Après toutes les missions que nous avions faites ensemble dans le jeu, il n'allait pas ignorer mes instincts.

— Nous sommes presque arrivés, répondit-il.

Nos systèmes de communication s'allumèrent, et je regardai Kass, soutins son regard en répondant.

— MCS Becker.

— Phantom, ici le commandant du Groupe cinq.

Oh, merde. Le général Jennix.

— Bien reçu, commandant. Je vous écoute.

— Le prisonnier du commissaire Gaius s'est échappé de la prison avant le lancement de la mission. Nous avons des rapports non confirmés qu'il y a un pilote à l'infirmerie qui prétend l'avoir vu à bord du Phantom avant le lancement. Pouvez-vous confirmer ?

— Je ne sais pas de quoi vous parlez, général.

— Je vois.

Il y eut un long silence, et j'attendis, en observant Kass. Il serrait la mâchoire, puis se rapprocha de son tableau de bord et activa la communication.

— Général, ici le MCS Remeas. Je n'ai pas pu

permettre que la MCS Becker, mon binôme, parte seule au combat, madame. Je me rendrai dès notre retour à la base.

— MCS Becker, est-ce que vous allez bien ? Êtes-vous capable d'accomplir la mission ?

— Affirmatif. La mission peut commencer, dis-je.

— Très bien. Je m'occuperai de vous deux quand cette mission sera terminée. Jennix, terminé.

Je me mordis la lèvre inférieure alors que je consacrais toute ma concentration, tout ce que j'avais appris au cours de mon existence vers les écrans et le code devant moi. Et puis... je ne pus retenir ma langue un instant de plus.

— Kass ?

— Oui, mon amour.

Bon sang, pourquoi devait-il m'appeler comme ça alors que j'étais prête à lui arracher la tête et à la lui enfoncer dans la gorge pour m'avoir menti. Pour m'avoir humiliée. Pour m'avoir fait douter de tout et de tout le monde, y compris de moi-même.

— J'ai piraté le programme d'entraînement, admis-je. Tout ce que j'avais ressenti pour lui avait été de la colère, mais ma voix était calme maintenant. J'ai presque... tout regardé. J'ai vu les preuves moi-même. Chacune de nos missions a été trafiquée. Pourquoi as-tu fait ça ?

— De quoi parles-tu ?

Il se tourna sur son siège pour me fixer. Les yeux écarquillés, abasourdi. Il ne faisait pas semblant. Il était mal à l'aise. En colère. Déstabilisé, ce qui était nouveau et inhabituel chez lui.

— J'ai piraté le Starfighter Training Academy. J'ai récupéré nos dossiers d'entraînement. Toutes les missions que nous avons accomplies, toutes, Kass, ont été modifiées pour rendre les tâches plus faciles à accomplir.

Il secoua la tête pour nier en bloc.

— Non.

— Pourquoi as-tu fait ça ? J'allais poser la même question encore et encore jusqu'à ce qu'il me réponde.

Il déglutit bruyamment, me fixa jusqu'à ce qu'il soit sûr que je le regarde ou que je me retrouve hypnotisée.

— Je te jure, ma compagne, que je n'ai pas fait une telle chose. Si j'avais décidé de manipuler le processus, penses-tu vraiment que j'aurais été assez stupide, ou assez négligent, pour laisser une trace aussi évidente ?

Je pris un moment pour y réfléchir. J'avais piraté ce programme en moins d'une heure. J'avais trouvé les données que je cherchais en quelques minutes une fois que j'étais dedans. J'aurais pu tout aussi facilement supprimer les modifications de la mission et effacer mon empreinte numérique. Cela aurait été simple à réaliser. J'aurais pu tout effacer, blanchir le nom de Kass, et Sponder n'aurait rien eu à lui reprocher. Cela aurait prouvé l'innocence de Kass. C'était garanti.

Si je pouvais l'innocenter en moins de dix minutes, il était logique que quelqu'un d'autre puisse montrer sa culpabilité tout aussi facilement.

Pourquoi n'avais-je pas pensé à ça quand j'étais là-dedans ?

Parce que j'avais été sous le coup de l'émotion, je n'avais pas fait preuve de logique. J'avais douté de moi dès le début. Le capitaine Sponder n'avait qu'à agiter un drapeau rouge devant moi et j'avais foncé comme un taureau. Je m'étais sentie blessée. En colère. Trahie.

Pauvre petite Mia, on lui a encore menti.
Elle n'était pas assez compétente.
Elle a fait preuve d'un manque de discernement.

Merde. J'avais laissé ce connard de Sponder me mener par le bout du nez comme une naïve recrue de première année. Tout ça parce que mon cœur était impliqué dans l'histoire. Parce que quand il s'agissait de Kass, il n'y avait pas de logique pour moi. Parce que j'avais cru Sponder plutôt que Kass. Mon Dieu, je l'aimais. Je le désirais. Et je voulais qu'il croie en moi à un tel point que ça me terrifiait. J'avais saisi la première occasion de quitter le navire.

Mais c'était terminé.

— Mia ?

Je regardai Kass avec un regard nouveau :

— Tu dis la vérité.

Il poussa un soupir. Ses épaules se détendirent. Toute la tension quitta son corps.

— Oui.

Il n'exprima pas son soulagement à voix haute, mais je pouvais le voir dans ses yeux. Ainsi que la douleur que j'avais causée en doutant de lui. Et de moi-même.

— Pourquoi Sponder te déteste-t-il autant ? demandai-je enfin.

Kass soupira et se détourna de moi pour vérifier le tableau de bord du vaisseau.

— C'est un imbécile. Ça a toujours été un imbécile. Une fois, il a harcelé une femme pilote de navette. Une amie à moi. Il l'a agressée physiquement. Elle l'a repoussé et a signalé l'incident. Rien n'a été fait. Le commissaire Gaius est son oncle.

— L'oncle Gaius lui a sauvé la mise ?

Sponder était donc un fils de riche qui n'avait pas mérité son grade ni le respect de ses pilotes.

— Il s'est fait taper sur les doigts, et elle a reçu un rapport pour avoir désobéi à un officier supérieur. Il a fait de sa vie un enfer après ça, alors j'ai piraté le système, téléchargé les fichiers vidéo de son attaque sur le réseau de sécurité de pointe, je les ai cachés, et je l'ai faite transférer dans une autre base, aussi loin de lui que possible.

J'écarquillai les yeux face à tout ce qu'il avait fait pour une amie.

— Et il est au courant de ce que tu as fait ?

Il haussa les épaules.

— Eh bien, l'ordre de transfert était à son nom, mais il savait que c'était moi. Je lui ai dit. Il voulait la reprendre sous son contrôle. Il était totalement obsédé par elle. Quand il a essayé de la ramener à la station Eos, je suis allé à son bureau, je lui ai dit que j'avais la vidéo de son attaque, et que s'il s'approchait encore d'elle, je détruirais sa carrière.

— Pourquoi es-tu restée sous ses ordres ? C'était quand tout ça ?

Kass gloussa.

— Juste avant qu'il ne refuse ma candidature et que je doive pirater le Starfighter Training Academy. Il y a environ un an.

— Pourquoi n'es-tu pas parti ? N'as-tu pas demandé un transfert ? Ou tu aurais pu te transférer comme tu avais fait pour ton amie ?

— Il me déteste, mais il ne pouvait pas me toucher, pas quand j'étais en possession de la preuve vidéo qui pouvait le détruire lui et son oncle puisque c'était lui qui avait tout fait disparaître. Il y avait trop de nouvelles recrues vulnérables sous son commandement, elles auraient pu être ses prochaines victimes.

— Donc, tu as surveillé le troupeau.

— C'est quoi un troupeau ? Il fronça les sourcils.

— Peu importe. Je te crois. Mais ce n'est pas suffisant. Pas pour ça. Il te déteste depuis un an mais n'a jamais essayé de te faire enfermer avant. Il a réussi à pirater le système et a modifié nos données d'entraînement. Pourquoi a-t-il soudainement décidé de s'attaquer à toi ?

Kass fixa l'immensité obscure de l'espace pendant de longues minutes.

— Je ne sais pas. Peut-être à cause de l'audit que nous lui avons fait subir ? Peut-être qu'il a peur que si les équipes techniques et les équipes de sécurité fouillent dans ses dossiers, ils découvriront quelle personne détestable il est vraiment.

— Peut-être.

Je surveillais négligemment les flux de données provenant de Xenon Alpha tout en laissant mon esprit vagabonder. Avec son oncle commissaire de Vélérion, je doutais que Sponder s'inquiète vraiment des accusations de Kass. Alors, était-il inquiet à cause de l'audit dont le général Jennix l'avait menacé ? Espérait-il qu'en piégeant Kass, l'audit serait annulé ? Ou peut-être que son oncle pourrait tirer quelques ficelles, faire annuler l'audit, et que le général n'aurait aucune raison de protester ?

Quelque chose ne collait pas. Tout comme je l'avais pensé plus tôt dans notre appartement.

Je reliai le flux de données du Phantom au cuirassé Resolution et attendis que le système de communication du cuirassé, bien plus puissant, se synchronise avec Vélérion et le Palais des archives.

Le capitaine Sponder cachait quelque chose, et j'allais découvrir ce que c'était.

Pour la première fois, je sentis que mes implants de codage travaillaient avec mon esprit, accélérant le transfert d'informations, me permettant de communiquer plus facilement avec le vaisseau. Je mis un moment à m'adapter, à m'habituer à cette sensation, comme si mon cerveau était devenu sans fil et connecté directement aux flux de données. Pendant un moment, je restai immobile, choquée par la facilité du transfert de données et la vitesse des informations qui circulaient dans mon esprit. Mais j'étais aussi reconnaissante. J'avais beaucoup d'enregistrements à analyser et peu de temps pour le faire.

Kass resta silencieux pendant que je travaillais.

Quinze minutes plus tard, je me figeai sur ma chaise. Je l'avais trouvé. Putain, j'avais la preuve qu'il nous fallait pour détruire Sponder.

— Kass, qui est le délégué Rainhart.

— Un traître. Ton amie Jamie et son binôme, Alex, ont découvert récemment que c'est lui qui a donné à la reine Raya les détails de la base Starfighter qui a été détruite. Il a trahi Vélérion et a donné à la flotte des Ténèbres exactement ce dont elle avait besoin pour anéantir presque tous nos Starfighters et paralyser les défenses de Vélérion.

Oh merde.

— C'est quoi un délégué ?

— Ils sont nommés par les commissaires. Un peu comme Graves pour le général Jennix. Ils travaillent pour les commissaires en tant que personnes de confiance pour négocier, rencontrer les électeurs et les marchands, ils s'occupent d'une grande partie des responsabilités quotidiennes des commissaires qui sont élus au Palais des archives.

— Comme leur chef de cabinet ?

— Je ne connais pas ce style de cabinet.

— Combien de temps on a ?

J'étais anxieuse, l'adrénaline coulait dans mes veines après la résolution d'une telle énigme. Nous avions la réponse, et nous devions faire quelque chose. Maintenant.

— Cinq minutes, maximum. Tu as trouvé quelque chose d'intéressant sur Sponder ?

— En fait, je...

BOOM !

— Mia !

Accroche-toi ! Le cri de Kass accompagna la rotation soudaine du *Phantom*. J'étais attaché à mon siège, mais même dans l'espace, l'inertie était réelle et ma tête fut projetée en arrière.

— C'est quoi ce bordel ? criai-je alors qu'une flambée de chaleur anormale m'envahissait.

Le poste de contrôle situé devant moi avait pris feu et avait été éteint immédiatement par le système d'extinction des incendies.

— Kass ?

— Je redémarre le serveur, répondit Kass d'une voix neutre.

En quelques secondes, je retrouvai mes écrans et tout semblait normal.

— Qu'est-ce qui s'est passé ?

— Je ne sais pas.

— Tu as quelque chose sur les scanners ? demandai-je, mon regard parcourant tout ce qui était en vue à la recherche de vaisseaux ennemis ou de quoi que ce soit qui aurait pu être la source de l'attaque.

— Non.

Cela n'avait aucun sens. Le vaisseau se mit à trembler autour de nous, comme si nous étions au milieu d'un tremblement de terre. Je vérifiais mes moniteurs et n'arrivais pas à croire ce que je voyais.

— Kass, tout le côté droit du *Phantom* a disparu.

— Je sais.

Il était au courant ?

— On a été touché ?

— Pas de l'extérieur.

— Quoi ?

Des alarmes se mirent à retentir dans la petite cabine, et le système d'alimentation de secours du vaisseau prit le relais, éteignant complètement mon poste et canalisant toute l'énergie de secours vers le poste de pilotage de Kass. Ma combinaison de vol répondit aux signaux d'alarme du vaisseau, mon casque se releva pour me protéger la tête.

Le poste de contrôle en face de moi bougeait dans tous les sens et se mit à trembler, obligeant mes mains gantées à se soulever.

— Je ne peux pas mettre mes mains sur le poste de contrôle.

— Tiens bon !

Un bruit strident comme je n'en avais jamais entendu remplit le cockpit. Deux battements de cœur après que mon casque s'était verrouillé autour de mon visage, le panneau au-dessus de ma tête fut arraché par le passage de débris et l'atmosphère fut aspirée du cockpit.

— Kass ? Tu vas bien ?

— Je vais bien. Mais quelqu'un a mis une bombe sur

ce vaisseau. Et nous savons tous deux qui est cette personne.

Je levai les yeux, là où le plafond du cockpit aurait dû être, et je ne vis que du vide. Et des étoiles. Des étoiles qui tournaient.

— Nous sommes en train de tourner.

— Oui, je vois ça.

La voix de Kass était tendue. Comme lors de la mission d'entraînement sur Gamma 479 où on a perdu une aile.

C'était exact. On avait déjà vécu ça avant. *Respire*.

— Tu gères la situation ?

Je n'étais pas sur mon canapé devant ma télé. Nous étions dans l'espace. Ce crash allait vraiment être terrible, si on y survivait.

— Je vais nous faire atterrir, mais nous allons devoir pirater le réseau de la base lunaire de l'intérieur.

Cette bombe avait détruit nos communications longue portée. Et notre capacité à voler. Ma capacité à effectuer mon travail.

— Super. Je me calai dans le siège du copilote et me remis en position à côté de Kass. Je devais lui dire maintenant. Il le fallait. Juste au cas où.

— Je suis désolée, Kass. Je suis désolée d'avoir douté de toi.

Il jeta un regard dans ma direction.

— Tu me crois maintenant ?

— Oui. Je te crois.

Je pris une profonde inspiration et dis les mots que je ne pourrais jamais retirer.

— Je t'aime, Kassius Remeas. Je t'aime.

Ses yeux s'enflammèrent et sa mâchoire se contracta.

— Tu me le dis maintenant ?

Je ne pus m'empêcher de sourire.

— Oui, alors fais en sorte de ne pas nous tuer. D'accord ?

Il gloussa.

— Compris, compagne.

Même maintenant, tendue, effrayée et nerveuse, cette voix me faisait du bien.

Kass luttait pour le contrôle du vaisseau alors que la lune étrangement belle devenait de plus en plus grande sur son écran. Je pensais que nous allions y arriver, honnêtement, jusqu'à ce que les canons montés sur la base lunaire s'animent soudainement et se pointent droit dessus.

— Oh merde. Kass ?

— En approche ! Prépare-toi ! cria-t-il.

De la lumière vive jaillit des canons, et Kass, par chance, ou grâce à ses compétences ou par intervention divine, réussit à maintenir le Phantom assez bas par rapport au sol pour que les tirs se retrouvent projetés comme des lumières stroboscopiques au-dessus de la partie supérieure ouverte du vaisseau.

Dans ma tête, le vacarme fut douloureux quand Kass retourna le Phantom sur le côté pour un atterrissage difficile. On percuta la roche. Brutalement.

Les gros boulons maintinrent ma chaise en place alors que l'équipement qui se trouvait sous mes doigts était arraché et projeté hors du vaisseau.

— Putain ! Accroche-toi !

Il était inutile qu'il crie cet ordre. Je m'accrochais déjà aux épaisses sangles qui me maintenaient la poitrine, la seule chose que je pouvais atteindre. Mes pieds pendaient devant moi, l'espace ouvert était tout ce que je pouvais voir alors que notre vaisseau rebondissait sur la surface rugueuse et glissait. Il finit par s'arrêter. Le Phantom était sur le côté, ma moitié du vaisseau était ouverte, elle avait presque complètement disparue.

— Mia ?

Avant que je ne me rende compte de l'arrêt du vaisseau, Kass me toucha avec des doigts maladroits. Il détacha le harnais, me tira du siège et me prit dans ses bras.

— Tu es blessée ?

Je fis le point. Secouée ? Oui. Blessée ?

— Non. Je vais bien.

J'enroulai mes bras autour de lui et le serrai pendant de longues secondes alors que je luttais pour contrôler ma respiration haletante.

— Que... que vient-il de se passer ?

— La bombe a fait sauter nos systèmes de détection et de communication. Le système de défense de la base lunaire nous a vus arriver et nous a abattus.

Je tremblais. Je ne saignais pas, mais j'étais secouée. Vraiment.

— Tu penses que Sponder a vraiment posé une bombe sur notre vaisseau ?

Kass secoua la tête.

— C'est la seule explication possible.

Je m'appuyai contre sa poitrine, me donnant la permission de respirer pendant au moins une minute.

— Pourquoi aurait-il fait ça ? Tu n'étais même pas sur le vaisseau. Tu étais enfermé dans la prison.

— Pas toi, répliqua-t-il d'une voix lugubre.

— La seule façon qu'il a de me faire du mal, Mia, c'est de te faire du mal. Il le sait.

— C'est de la folie. Et ce n'est pas vrai.

Je lui avais dit que je l'aimais, et il ne me l'avait pas dit en retour. Oui, il était occupé à essayer de sauver nos vies à ce moment-là, mais une femme a besoin de ce genre de choses.

— C'est vrai, ma Mia. Sans toi, je ne suis rien. Je n'ai pas de maison, pas de famille. J'ai la flotte et je t'ai toi. Demande-moi celui des deux qui compte le plus.

Merde, j'allais mordre à l'hameçon.

— Lequel compte le plus ?

Ses yeux croisèrent les miens. Me dévisagèrent.

— Toi, mon amour. Moi aussi, je t'aime.

Ahhhh. Je fondis à l'intérieur et laissai ce sentiment m'envahir. Je méritais ce moment. Nous le méritions tous les deux.

— J'aimerais pouvoir enlever ce casque et t'embrasser.

Kass me serra très fort.

— Quand on aura enlevé ces combinaisons, je ferai bien plus que t'embrasser.

— Je vais tenir en pensant à ça.

— Je ne te mens pas, rappelle-toi de cela.

D'un commun accord, nous nous tournâmes pour inspecter les options qui s'offraient à nous pour sortir de l'épave.

— On peut ramper par-là, dis-je en montrant un trou particulièrement large près de l'arrière du vaisseau.

— Oui. Kass passa la main derrière moi et sortit un kit de mission portable d'un grand boitier qui, heureusement, était encore en un seul morceau. Dans la mallette, se trouvait l'équipement dont nous aurions besoin pour pirater le système automatisé de la base, nous synchroniser avec lui et l'éteindre.

Je n'avais pas l'habitude de faire ça loin d'un ordinateur, mais j'étais capable d'effectuer un travail sur place. Je n'avais juste jamais imaginé le faire sur une lune.

Kass me prit la main et m'aida à passer par l'ouverture et me tenir sur la surface dure de la lune. C'était comme marcher sur une poêle en fonte, mais rouge et non noire.

Je tapai du pied et le regrettai immédiatement car la force de réaction me fit faire un saut si haut qu'il propulsa ma jambe et donna un coup de pied dans la poitrine de Kass sans que je ne puisse me retenir. J'atterris avec un léger bruit sourd. Génial.

— Cette lune est aussi dure qu'une pierre.

— C'est un rocher.

J'étais en train de sourire quand le vaisseau fut soudain frappé par un canon laser. L'arme était installée sur la base. On esquiva le tir et courut au ras du sol alors que le système automatisé continuait à tirer sur ce qui restait de notre beau vaisseau. La base lunaire abandonnée ressemblait aussi à une sangsue géante depuis le sol. Oblongue et segmentée comme un ver, ses extrémités s'effilaient vers la surface de la lune, peut-être y avait-il même un tunnel creusé en dessous.

— Pourquoi cette base est-elle si laide ?

— Les ingénieurs de Vélérion ne se sont pas souciés de l'esthétique. La structure en forme de coquille peut être rétractée en sections selon les besoins, et le blindage incurvé est plus efficace contre les débris spatiaux occasionnels. Une paroi droite subirait plus de dégâts. Avec ceci, une grande partie des forces d'impact peut être partiellement redirigée.

Nous étions à mi-chemin du morceau segmenté de mur incurvé le plus proche quand notre vaisseau explosa. Ça devait être les réservoirs de carburant. Il ne restait qu'une coquille. Une coquille maintenant calcinée et friable.

— Tu retournes à la terre, adieu Phantom. Tu étais un bon vaisseau, dis-je.

Maintenant nous étions coincés sur la lune.

— On en aura un autre, dit Kass, en me tirant derrière lui.

— J'appellerai le prochain Sale Garce pour que personne ne l'emmerde.

J'entendis le sourire de Kass dans sa voix.

— C'est un nom horrible pour un vaisseau. Tu as nommé le Phantom. Je pense que je devrais nommer le prochain.

On se précipita sur le côté de la base, puis on alla s'appuyer contre le mur lisse pour reprendre notre souffle.

— Ah oui ? Et comment l'appellerais-tu ? Je vérifiai mes niveaux d'oxygène et fermai les yeux de soulagement en voyant qu'ils étaient normaux. Les combinaisons étaient dotées de systèmes de survie complexes intégrés à la doublure, ainsi que de toutes sortes de données que je ne comprenais pas et qui se déplaçaient sur la visière. Je n'étais pas biochimiste. Dans le jeu, ces combinaisons spatiales permettaient au joueur de rester en vie pendant plusieurs jours grâce à une technologie de recyclage complexe. Je devais espérer que c'était également vrai dans la vie réelle. Et je n'allais pas poser la question. Si ce n'était pas le cas, je préférais ne *pas* le savoir.

— Je pensais l'appeler comme ta chose préférée dans tout univers.

Kass se tourna vers le mur et sortit une petite torche coupante de quelque part. C'était un vrai scout de l'espace. Il avait fait la moitié d'un trou assez grand pour qu'on puisse entrer en rampant, quand je cédai à la curiosité, sans surprise, et décidai de mordre à l'hameçon.

— On ne peut pas appeler notre nouveau vaisseau Kassius.

Il rit mais resta concentré sur sa tâche.

— Je savais que tu m'aimais vraiment.

Il était drôle, désinvolte et charmant, et essayait de m'empêcher de penser au fait que nous allions mourir sur cette fichue lune.

— Très bien, je donne ma langue au chat. Quelle est ma chose préférée dans tout l'univers ?

Il venait de finir de couper, fit un trou dans le mur d'un coup de pied, et l'épais morceau qu'il avait coupé s'écrasa à l'intérieur de la base plongée dans l'obscurité.

— La justice.

11

 ass

J'éteignis la torche laser et replaçai l'embout avant de remettre l'appareil de poche dans son étui sur ma hanche. Mia s'était tenue debout, le dos appuyé contre le mur de la base, lorsque j'avais enfoncé la coque extérieure pour nous permettre d'accéder au bâtiment.

Elle avait dit que j'étais sa chose préférée dans l'univers.

— Le Justice. Ça me plaît.

Mia tenait son pistolet prêt, surveillant mes arrières. Ce n'était pas nécessaire. Du moins, pas encore. La base était sans personnel et automatisée, mais l'explosion de notre vaisseau avait dû indiquer notre présence au réseau de sécurité de la flotte des Ténèbres. Tant que nous ne nous tenions pas devant un canon laser tout allait bien. Les défenses de la base étaient prévues pour abattre des vaisseaux, pas des individus à pied.

Mais, ces informations étaient peut-être obsolètes. Aucune personne provenant de Vélérion n'avait mis les pieds sur cette lune depuis que la flotte des Ténèbres avait attaqué Xenon et transformé les colons en esclaves dans leurs usines. Nous n'avions pas prévu d'y mettre les pieds non plus, mais il y avait eu un changement de plans.

Je fis basculer la sangle du sac d'équipement de mon épaule et installai la lourde charge juste à l'intérieur de l'ouverture que j'avais découpée. J'entrai en premier pour m'assurer qu'il n'y avait pas d'armes cachées, puis je fis signe à Mia de me rejoindre à l'intérieur. Pendant qu'elle me tenait la main et enjambait les restes du mur inférieur, je m'affairais à installer l'unité de communication portable.

— Nous devons faire savoir à Jennix que nous ne sommes pas morts.

— Bonne idée.

Une fois installée, j'activai l'unité de communication, même si j'étais probablement en train de signaler notre présence à la flotte des Ténèbres s'ils scannaient la zone.

— Commandant du Groupe cinq, ici MCS un, répondez.

— Ici le commandant du Groupe cinq. À vous.

— Nous avons perdu le *Phantom,* mais la mission est en bonne voie. Nous sommes à l'intérieur de la base.

— Merci, Vega !

Je ne manquai pas de remarquer le soulagement dans sa voix.

— Prévenez-nous quand vous serez prêts à être évacués. Je vais alerter le Groupe deux. Nous surveillerons le champ de force d'ici.

— Bien reçu.

— Et Starfighters ?

Je me figeai à l'intérieur. Le général venait de m'appeler Starfighter, alors que j'étais censé être en train de pourrir dans une cellule de prison en ce moment même. Elle était de notre côté. Une fois que je lui aurais tout raconté, je ne doutais pas qu'elle m'aiderait à me débarrasser de Sponder.

— Oui, Général ?

— Nous sommes tous heureux de ne pas vous avoir perdus. Restez vigilants et prudents.

— Bien reçu. MCS un, terminé.

Ensuite, je m'accroupis et aidai Mia à disposer le reste de notre équipement sur le sol lisse et froid. Tout à l'intérieur de la base était du même noir mat que l'extérieur. D'une couleur terne. Lugubre. La base ressemblait à un champignon cancéreux sombre venu de l'espace, si on le regardait bien.

Mia était assise dos au mur et notre équipement de piratage était placé sur ses genoux. Je pris le dispositif de communication et les capteurs et installai mon petit centre d'opérations. Une fois les scanners terminés, je poussai un soupir de soulagement. Nous étions seuls, du moins pour le moment. Si la reine Raya avait des soldats postés à l'intérieur, nos scanners ne les repéraient pas.

— Rien à signaler ? demanda-t-elle, en pensant probablement la même chose.

— Pour l'instant. De combien de temps as-tu besoin ?

Elle haussa les épaules.

— Je ne sais pas. Je n'ai jamais fait ça avant.

Elle se racla la gorge, et je l'observai :

— Qu'est-ce qu'il y a ?

— Pourquoi n'as-tu pas parlé de Sponder au général ?

— Sur le canal de communication ouvert à tous ? Non. Je ne veux pas qu'il ait une chance de s'enfuir.

— D'accord.

Elle était occupée, son regard se déplaçant déjà à la vitesse de l'éclair d'un écran à l'autre, ses doigts se précipitant sur les touches.

— En plus, nous avons des choses plus importantes à gérer. Dis-moi quand tu auras réussi, ou... ma voix se tue et je ne pris pas le temps de terminer ma phrase.

— Ou il ne restera plus rien de nous quand quelqu'un se présentera pour nous évacuer ?

— Exactement.

L'un de mes scanners émit un bip et je baissai les yeux.

— Oh putain.

Les mains de Mia ne cessaient de bouger alors qu'elle se concentrait sur son travail.

— Qu'est-ce qu'il y a ?

J'envisageai de ne pas lui dire la vérité pendant dix

secondes, jusqu'à ce qu'elle s'arrête et me fixe. Me *fixe vraiment*

— Kass ?

Putain. Même à travers la visière blindée, ses yeux étaient magnifiques. Comment pouvais-je lui dire que nous étions sur le point de mourir ?

Mia inclina la tête puis plissa les yeux.

— Kass, dis-moi ce qui se passe, bon sang. Tout de suite.

Je poussai un soupir. J'aimais cette femme, je ne pouvais rien lui cacher.

— Le système automatisé de la base vient d'envoyer une alerte à Xandrax.

— La planète de la reine Raya ? Qu'est-ce que ça veut dire ?

— Ça prend quatre minutes pour que le signal arrive là-bas. Deux ou trois minutes pour qu'ils décident de faire sauter cet endroit. Quatre minutes pour que l'ordre revienne.

Ses yeux s'élargirent alors qu'elle faisait le calcul.

— Donc, nous devons être loin de ce rocher ou nous mourrons dans les dix prochaines minutes ?

— Maximum.

— *Scheisse*.

Nos regards se croisèrent, restèrent connectés.

— Qu'est-ce que tu veux faire ? Je peux les appeler pour qu'ils nous évacuent maintenant. Pour qu'on parte d'ici.

Mia ne bougea pas pendant qu'elle considérait nos options.

— Fais-le, mais je ne pars pas tant qu'on n'a pas fait notre travail. Si on ne détruit pas le générateur de bouclier de cette base, la mission entière aura échoué. Tous ces gens en dessous seront toujours sous le contrôle de Raya et les IPBM seront toujours une menace. Je ne peux pas vivre avec ça.

— Mia, je ne peux pas vivre sans toi.

Je ne pouvais pas accepter ce destin pour nous. Impossible.

— Je vais les appeler, leur faire savoir qu'on doit décoller dans six minutes. Si tu n'as pas fini, je te jetterai par-dessus mon épaule et te porterai dans cette navette.

— Six minutes, c'est une éternité.

— Arrête de parler et mets-toi au travail. Tu as six minutes.

Mia baissa la tête et se concentra sur sa tâche qui consistait à s'introduire dans le système opérationnel de la base lunaire tandis que je réglais une séquence de minuterie dans ma visière. Dans le pire des cas, nous devrions courir dans huit minutes et mettre autant de distance que possible entre nous et la base, espérer que la bombe ou le missile que la reine Raya avait envoyé pour détruire cet endroit soit petit, et prier pour que le pilote de la navette que le groupe deux avait envoyé pour nous récupérer soit bon. Vraiment très bon, putain.

J'attendis. Impatiemment. J'avais confiance en ma partenaire, elle ferait son travail. Pourtant, putain ... l'horloge faisait tic-tac. Deux minutes, vingt-sept secondes de silence.

— Je suis entrée. Les mots de Mia accélérèrent mon rythme cardiaque. Juste un peu.

— Combien de temps ?

— Deux minutes vingt-sept.

— Ok. Je gère.

Une minute s'écoula.

Une autre.

— Mia ?

— Ne me parle pas.

Putain.

Je ne pouvais pas rester silencieux.

— On vient d'atteindre les cinq minutes.

— Le mode de codage ne ressemble à rien de ce que j'ai pu voir auparavant.

— Tu as quatre-vingt-dix secondes, après on part d'ici.

— Non, j'y suis presque là. J'ai une idée. C'est peu probable, mais...

— Quatre-vingts. Soixante-dix-neuf. Soixante-dix-huit.

— Arrête de parler.

— Mia. Je vais te traîner dehors.

— Pas encore.

Putain. Putain. Putain. Mes scanners se mirent à émettre des signaux lumineux d'avertissement. C'était ce que j'avais craint : une tête nucléaire se dirigeait vers notre position. La mauvaise nouvelle ? Cette arme transformerait tout ce qui était organique en un tas de cendres, mais la base resterait intacte, le bouclier activé, la flotte des Ténèbres resterait protégée. La bonne nouvelle, c'est que nous avions un peu plus d'une minute de plus que ce que j'avais estimé.

— En approche.

— Appelle ton chauffeur, dit-elle.

Merci, putain. Je me levai et activai le système de communication.

— Chef du groupe cinq, ici MCS un, demande d'évacuation d'urgence.

— MCS un, ici le commandement. Nous suivons une fusée biologique qui se dirige vers vous. Impact dans deux minutes. La voix du général Jennix semblait inquiète mais pas surprise de découvrir que la reine Raya était prête à sacrifier tous les hommes qu'elle avait sur cette base lunaire pour nous éliminer.

— Oui, Général. Nous sommes au courant. Nous avons réussi. Nous allons baisser le bouclier dans... Je regardai Mia.

— Maintenant.

— Maintenant, Général. Le bouclier devrait se désactiver maintenant.

— Excellent. Demande d'évacuation d'urgence à cet endroit.

Je partageai mes données de localisation avec la flotte de Vélérion alors que Mia se mettait debout à côté de moi.

— Bien reçu. Je vous passe le groupe deux. Je les ai

informés de votre situation. Ils devraient avoir une navette en attente.

L'équipe numéro deux était celle sous le commandement du capitaine Sponder. Quelle ironie que le connard qui avait essayé de nous tuer allait devoir nous sauver la vie. Une des navettes devait être assez proche pour descendre en piqué et nous récupérer. Cela faisait partie du plan, était une éventualité au cas où quelque chose tournerait mal. Une option de dernier recours au cas où Mia aurait des problèmes. J'étais censé être en prison en ce moment, mais Mia était une Starfighter MCS. Un atout que le général Jennix aurait beaucoup de mal à remplacer. Nous avions appris la valeur de nos équipes de Starfighters à nos dépens, quand nous les avions perdues lors de l'attaque furtive de la reine Raya.

— Ici le groupe deux. On vous écoute.

— Ici le Starfighter MCS du *Phantom*, nous demandons une évacuation d'urgence. Nous avons quatre-vingt-dix secondes avant l'impact.

Je m'attendais à une réponse rapide et efficace. Mais j'entendis plutôt une voix monotone que je ne connaissais que trop bien, celle du capitaine Sponder.

— Starfighter MCS Remeas ?

— Affirmatif.

— Ici le commandant de l'équipe deux. Lorsque nous avons perdu le contact avec le Phantom, l'équipe de la navette de la base lunaire a été réaffectée à l'évacuation médicale. Je n'ai pas de vaisseau en place pour vous rejoindre à temps, Phantom. L'arrivée de la navette la plus proche est estimée à sept minutes. L'impact détruirait toute navette en approche. Je ne peux pas envoyer une équipe. C'est trop dangereux.

— Quoi ?

Le souffle de Mia me fit grimacer de culpabilité. Si je n'avais pas été là, le capitaine Sponder, le commandant du Groupe deux, aurait fait ce qu'il était censé faire. Une navette aurait été en attente, suffisamment proche pour arriver ici en moins d'une minute, comme l'exigeaient les paramètres de la mission, que notre vaisseau se soit écrasé ou non. Au lieu de ça, il avait inventer une excuse bidon, personne ne pourrait prouver qu'il avait fait quelque chose de mal, toutes les preuves de la bombe qu'il avait posée sur le vaisseau de Mia seraient détruites et Mia serait morte.

Putain.

Bien sûr, il avait prévu qu'elle serait déjà morte.

Il n'y avait pas le temps de discuter. Aucun autre groupe n'avait de vaisseau en place pour nous aider. Cette responsabilité avait été assignée au groupe deux. Le groupe de Sponder.

— Il faut qu'on coure, Mia !

— Merde. Il sait que je suis au courant. Il voulait vraiment ma mort depuis le début.

Elle se leva, abandonna son équipement. Nous allions sprinter, courir aussi vite que possible, mais ça n'allait pas être assez rapide.

— Ouais, et pour que je souffre en sachant que tu vas

mourir. Viens. Je lui pris la main et la tirai à l'extérieur jusqu'à la surface.

— Il n'y a nulle part où aller, Kass.

Je scannai l'horizon, cherchant désespérément un affleurement rocheux, une rainure dans le sol, n'importe quel endroit qui nous donnerait la moindre chance de survie.

— Cours vers le vaisseau.

Main dans la main, on se mit à sprinter sur la surface de la lune vers les restes de notre vaisseau. Peut-être, qu'on pourrait se cacher derrière l'épave, peut-être même qu'on pourrait s'enfouir quelque part derrière la coque et survivre à l'explosion.

Mia retira sa main de la mienne et accéléra le pas. Je la suivis, ne voulant pas courir devant elle. Si nous devions mourir, je mourrais en protégeant Mia.

— Je sais que ce n'est pas le meilleur moment... me lança Mia alors que nous courions pour sauver nos vies.

— Je suis là.

— C'est fou. Et ridicule. Et ça n'a aucun sens. Mais je t'aime. Si je dois mourir, je suis heureuse que ce soit avec toi. Je n'ai pas de regrets, Kass. Je veux que tu le saches.

Elle était essoufflée mais on continua à courir.

— Je t'aime, Mia. Et je suis désolé. Je suis vraiment désolé. Sponder n'envoie personne à cause de moi. Le système d'alerte de ma visière clignota, et je levai les yeux vers le ciel.

— Ça arrive.

Mia leva également les yeux, je savais exactement ce

qui venait de lui faire pousser un petit cri. Le missile était clairement visible, sa queue en forme de comète laissait une traînée de lumière bleue, brillante derrière elle.

— Oh merde.

— Continue à avancer.

— On ne va pas y arriver.

Mia continuait de courir malgré ses prédictions lugubres.

— Et ce n'est pas à cause de toi. Il travaille avec le délégué Rainhart. Sponder. C'est un traître, et il avait peur que je le découvre.

— Quoi ?

Je trébuchai et faillis tomber.

— Non, Mia. Qu'est-ce que tu racontes ?

Elle s'exprimait par à-coups alors qu'elle luttait pour respirer.

— Sponder. Il travaille avec Rainhart depuis au moins trois ans. Il travaillait avec lui même avant l'attaque de la base originale des Starfighters. C'est un traître. Il était nerveux quand Jennix l'a menacé de faire cet audit, mais après aujourd'hui il sait que je sais.

Mon esprit n'arrivait pas à suivre, il essayait de trouver un sens à ce qu'elle me disait.

— Comment pourrait-il savoir ça ?

Vingt-cinq secondes et le Phantom était toujours à au moins trente pas.

— J'ai en quelque sorte envoyé des informations au général Jennix en venant ici.

Vingt secondes.

— Mia, pourquoi ne m'as-tu pas dit …

Une explosion de lumière s'éleva au-dessus de l'horizon lunaire, juste devant nous. Un Starfighter.

— Arrêtez de bavarder et ramenez vos putain de fesses par ici avant qu'on explose tous.

Mia éclata de rire tandis que j'essayais de me souvenir où j'avais entendu cette voix féminine auparavant.

— Jamie ? Est-ce que tu viens de dire « putain » ? lui demanda Mia entre deux respirations.

C'était Jamie et Alexius ?

— Oui. Alors ramenez vos culs par ici. J'aime mon vaisseau presque autant que je t'aime toi. Ne me force pas à choisir.

Un petit Starfighter se rapprocha, puis se mit en vol stationnaire juste au-dessus du sol, presque assez loin pour être en sécurité hors de portée du missile. Presque. Ni Mia ni moi n'avions ralenti notre course avant qu'une petite porte s'ouvre sur le côté. Il n'y avait pas de rampe, juste Alexius qui tendait le bras vers nous.

Mia tendit le bras la première, Alexius la tira à l'intérieur, puis je la suivis, en sautant derrière elle. Alexius s'assura que j'étais bien monté avant de claquer la porte et de passer à côté de nous. Nous étions serrés, mais je pris Mia contre moi pendant qu'Alexius se glissait derrière elle, vers le siège du copilote. Il y avait deux strapontins derrière eux, se faisant face, avec juste assez d'espace pour que Mia et moi ne puissions pas frotter nos genoux l'un contre l'autre.

Je tirai Mia vers les sièges, et nous nous assîmes immédiatement.

— Attachez vos ceintures. Ça risque de secouer.

— Cinq secondes, dis-je en regardant l'heure. Et merde.

— Accrochez-vous ! nous avertit Jamie alors que leur vaisseau décollait comme un rayon de lumière, s'éloignant à toute vitesse de la surface de la lune.

Je regardai le compte à rebours dans ma visière.

Quatre.

Trois.

Deux.

Un.

Le vaisseau se mit à tanguer comme si on dévalait une falaise rocheuse. Jamie et Alexius réussirent à garder le contrôle du vaisseau. Sa coque extérieure nous protégea du pire de l'explosion, la température à l'intérieur de leur Starfighter augmentant juste assez pour me mettre mal à l'aise. Mais notre peau n'avait pas fondu, alors je considérai que c'était une victoire.

Un seul côté de mon harnais était bouclé. Mia était moins chanceuse, son corps se balançait sauvagement tandis qu'elle s'accrochait aux sangles de ses mains gantées. Dès qu'on fut stabilisés, j'attrapai sa jambe et la replaçai sur son siège. Elle boucla le harnais avec des doigts tremblants tandis que je la maintenais en place.

— Merci.

Elle me fit un sourire, et je soupirai de soulagement. Elle n'était pas blessée. Merci Vega.

— Pas de problème, ma Mia.

Une voix retentit dans le système de communication du Starfighter.

— Starfighters ? Ici le général Jennix sur un canal sécurisé.

— Oui, Général, répondit Jamie.

— Confirmez l'évacuation réussie du couple de Starfighter MCS.

Jamie me regarda par-dessus son épaule. Mia était assise juste derrière elle, les deux Terriennes ne pouvaient donc pas croiser leurs regards. Au lieu de cela, Jamie tendit sa main et Mia la saisit immédiatement.

— Affirmatif.

— Excellente nouvelle, Starfighter. Ramenez-les sur le Resolution, puis poursuivez votre mission initiale. J'ai informé le général Aryk de votre détour, mais vous ne devez rien dire. Les équipes des navettes sont désormais sous le commandement direct du général Aryk. Pour le capitaine Sponder, Mia et Kassius sont morts.

Je me tournai vers Mia. Elle me dévisagea.

— Oui, mon général. Jamie mit fin à la communication et on resta tous les quatre, assis en silence pendant quelques secondes. Le silence ne faisait rien pour atténuer la rage brutale qui s'était installée comme une couverture de glace sur mes os.

— Il a failli te tuer, dis-je. Pas une seule fois, mais deux. J'avais détesté Sponder avant, mais maintenant... il voulait la mort de Mia. Moi, j'avais été conscient qu'il avait une dent contre moi, mais rien... *personne* ne s'en prenait à ma femme.

Avant la bombe, ma mission était de me débarrasser de Sponder. Maintenant, il allait me payer tout ça très cher.

12

ia

Jamie et Alex ramenèrent le Valor au cuirassé Resolution avec les canaux de communication ouverts pour que nous puissions tous entendre ce qui se passait. Lorsque notre vaisseau avait explosé, la mission avait été mise en pause. Toutes les équipes avaient été prêtes au combat et avaient attendu que les boucliers tombent pour commencer leur mission spécifique de la prise de contrôle de Xenon. Mais tout le plan avait reposé sur Kass et moi, car nous devions neutraliser les mécanismes de contrôle de la base lunaire. Personne, nous y compris, ne s'attendait à ce que nous le fassions manuellement. Sur la surface de la lune.

Ou que nous survivions au crash. Mais nos communications avec le général Jennix avaient réussi à empêcher que la mission soit annulée ou retardée. Dès que nous avions mis fin au contrôle de la base lunaire par la flotte des Ténèbres, la mission avait été confirmée.

Nous avions survécu. Nous avions détruit le champ de force autour de Xenon que la flotte des Ténèbres utilisait pour empêcher les forces de Vélérion de reprendre le contrôle de leur colonie et des usines. Nous avions fait tout ce qu'on nous avait demandé, et maintenant notre rôle était terminé.

Alors que Jamie nous ramenait au cuirassé, nous entendîmes les détails du reste de la mission. Tout. L'attaque. Les dommages. La façon dont le peuple de Xenon s'était réveillé pour aider à renverser les forces terrestres sous le commandement de la reine Raya ainsi que les vaisseaux de la flotte des Ténèbres qui l'avaient soutenue une fois le champ de force retiré.

Cela avait été un assaut rapide. Une victoire rapide. Je ne pouvais qu'imaginer à quel point les colons de Xenon avaient été impatients d'être libérés.

Jamie et Alex ne s'éternisèrent pas sur la plateforme de lancement, ils firent seulement planer le Valor au-dessus pour que nous puissions descendre la rampe avant de la rétracter. Puis ils partirent.

Nous aussi. Directement au centre des opérations avancées dans la salle de contrôle du cuirassé.

Pendant toutes les années où j'avais travaillé dans les forces de l'ordre, où j'avais aidé à traquer et à capturer des méchants, je n'avais jamais eu autant envie de voir quelqu'un derrière les barreaux que Sponder. J'avais rencontré des gens ignobles. Méchants. Sans conscience. Mais je ne les avais jamais détestés.

Je détestais le capitaine Sponder.

J'étais possessive envers Kass. Ridiculement. Savoir que Sponder en voulait à Kass, qu'il avait failli l'éloigner de moi, me rendait furieuse. Mais savoir que Sponder avait fabriqué des preuves pour le voir croupir en prison pour quelque chose qu'il n'avait pas fait, me faisait serrer les poings, j'étais prête à lui casser le nez une fois de plus. Et Kass n'était que la partie visible de l'iceberg. Je ne savais pas grand-chose de ce qui était arrivé aux gens de Vélérion ces deux ou trois dernières années, mais Sponder avait probablement tué des milliers de personnes. Des milliers. Il était le mal absolu.

Et Kass ? Sa colère était incomparable à la mienne. Sa mâchoire était serrée, son visage un masque impitoyable. Il avait sa propre mission à effectuer. Rien, pas même le commissaire Gaius, ne l'arrêterait cette fois-ci. Avec ou sans son oncle, Sponder était foutu.

On se fraya un chemin à travers le dédale de couloirs pour atteindre le centre de commandement des opérations avancées, notre rythme était rapide. Les portes s'ouvrirent en silence, mais la pièce était pleine d'agitation et de bruit. Elle ressemblait à la salle de contrôle de la NASA à Houston qu'on voyait dans les films. Un mur frontal était couvert d'écrans de communication, chacun montrant une partie différente de la mission. Les combattants au sol. Des batailles aériennes. Tout se passait en même temps. Dans cet endroit où l'on pouvait tout voir simultanément.

Et tout le monde allait voir ce qui allait se passer.

Kass s'arrêta juste à l'entrée. Son regard parcourut la pièce jusqu'à ce qu'il se fixe, comme un IPBM visant une planète, sur Sponder, qui était à bord du Resolution et assis à son poste de commandement comme un chat qui a mangé une souris. Il pensait que nous étions morts. Il croyait que sa trahison était passée inaperçue. Encore une fois.

Kass contourna les rangées de pupitres de commande et s'arrêta à côté de lui. Sponder leva les yeux, les écarquilla et se leva. D'ailleurs, il réussit à se lever bien plus vite que je ne l'aurais cru possible pour quelqu'un de son âge.

— Ta place est en cellule, dit Sponder.

Son nez était tordu et gonflé, et il aurait deux coquards dans quelques heures à cause du coup de tête de Kass.

— Ta place est sous terre.

La mission continuait autour de nous, mais Jennix s'approcha. Un autre général, enfin je le supposais puisque les uniformes correspondaient, s'approcha également.

— MCS, ce n'est pas le moment, dit Jennix.

Kass attendit une seconde mais déplaça finalement son regard de Sponder. Il le posa sur Jennix par-dessus l'épaule de ce connard.

— C'est le moment, mon général. Il m'a fait enfermer

avec des preuves fabriquées de toutes pièces, a posé une bombe sur le Phantom, qui non seulement était destinée à mettre en péril toute la mission, mais aussi à tuer Mia et l'autre pilote. Et il a refusé de nous récupérer à la surface de la lune pour camoufler ses crimes.

Pendant que Kass parlait, Sponder avait commencé à bafouiller et à nier.

— Qui sait de quelles autres façons il a saboté Vélérion ? Ou cette mission.

Jennix ne cilla même pas.

— Pourquoi devrais-je croire les paroles d'un MCS qui a triché ? demanda Jennix.

Elle connaissait la vérité. Je le voyais dans ses yeux, mais elle prenait plaisir à regarder Sponder essayer de sauver sa peau. Tout comme moi.

— Je suis innocent jusqu'à preuve du contraire, mon général, répondit Kass.

Elle croisa les bras sur sa poitrine.

— On pourrait en dire autant de Sponder.

— J'exige qu'il soit immédiatement exclu du centre de commandement ! dit Sponder.

Jennix ne cillait toujours pas. Je pris le regard fixe entre Kass et le général comme un signal. Je me dirigeai vers le trio et saluai d'un signe de tête le nouveau général, Aryk, je pensais, parce que c'était celui qui avait été sur l'écran de Jamie quand elle avait gagné le jeu.

Je croisai les bras sur ma poitrine et laissai la haine se propager dans mon sang.

— Sponder est un traître et un menteur, mon général,

et j'en ai trouvé la preuve, dis-je. Vous les avez en votre possession. Vous avez toutes les preuves. Je vous les ai envoyés.

Sponder se tut.

— Et Sponder avait les preuves pour vous faire arrêter, dit Jennix à Kass.

— J'ai dit que j'avais trouvé des preuves. C'est vous qui les avez. Je vous les envoyées avant que le Phantom n'explose.

Jennix me fixai et continuai à jouer son rôle. Je n'avais aucune idée de la raison pour laquelle elle faisait cela, mais je ne remettais pas en cause ses choix. Peut-être devait-elle jouer ce jeu pour satisfaire le commissaire ? Ou pour solidifier ma réputation et celle de Kass en tant qu'équipe de Starfighters MCS hautement qualifiée.

— Graves ! cria-t-elle.

— Oui, mon général.

Son émissaire apparut presque immédiatement.

— Vous êtes le chef du groupe cinq jusqu'à mon retour.

— Oui, mon général, répéta Graves, puis il disparut.

— Communication, dit Jennix en s'adressant à la salle. Récupérez les fichiers de données envoyés à Jennix par le MCS Becker. Il y a deux heures.

— En cours de traitement, répondit la voix générée par l'IA. Données visibles sur l'écran six.

Jennix pivota sur ses talons et se dirigea vers un écran le long du mur latéral et resta debout pendant de longues minutes, elle lisait. Prenait connaissance des éléments.

Elle fixait l'écran. Je sus quand elle lut les détails du lien entre Sponder et le délégué Rainhart, car sa colonne vertébrale se raidit et je pouvais presque voir la vapeur se dégager de ses épaules. Sa maîtrise de soi était admirable, tout comme son talent d'actrice.

— Expliquez-moi un peu, MCS Becker, dit-elle.

— C'est grotesque, mon général, bafouilla Sponder, mais un filet de sueur coulait sur sa joue.

Jennix leva la main.

— Le Phantom a mystérieusement explosé, capitaine. Je me pose des questions. Si les données de Becker sont inexactes, elle partagera une cellule avec son binôme.

Ce qui signifiait qu'elle me croyait, et qu'elle croyait les données que je lui avais envoyées, parce que, si ce n'avait pas été le cas, elle aurait déjà fait ce qu'il fallait faire sur le plan politique et mis en place une enquête pour examiner les données à une date ultérieure. Mais maintenant, ici, tout était affiché en face de l'ensemble de l'équipe responsable de la mission. Elle avait probablement douté de Sponder depuis le début, mais n'avait eu aucune preuve qui lui aurait permis de faire quoi que ce soit.

Sponder n'avait pas encore été arrêté, mais j'étais euphorique. Ce n'était pas comme voler dans le Phantom avec Kass. C'était comme mon travail sur Terre. J'avais découvert des données. Je les avais examinées. Analysées. J'avais trouvé les méchants. J'allais les éliminer.

Les faits étaient les faits. C'était trouver les faits qui rendait difficile d'attraper les méchants. Je révélai la vérité au grand jour, et j'étais sacrément douée dans ce domaine.

J'allais maintenant, pour la première fois, exposer la triste vérité concernant quelqu'un que je connaissais. Quelqu'un que je pouvais regarder dans les yeux en prenant plaisir à le voir réaliser qu'il avait été démasqué. C'était aussi la première fois que les méfaits de quelqu'un m'affectaient directement, moi et quelqu'un que j'aimais.

Sur Terre, mon travail avait réel mais pas personnel.

Et maintenant, ça ? Avec Sponder ? C'était plus que personnel.

Je commençai par les informations que j'avais récupérées sur le Phantom.

— Je crois que vous avez entendu parler du délégué Rainhart ? Celui qui a trahi l'ensemble de Vélérion ? La personne responsable de la disparition de la flotte des Starfighters ?

J'eus l'impression qu'un silence descendait sur la pièce pendant un moment.

— Oui, dit Jennix.

Ce simple mot était empreint de colère.

Tout le monde savait ce que Rainhart avait fait. Je ne savais pas à quel point sa notoriété était répandue, car j'étais nouvelle sur la planète, mais apparemment il était tristement célèbre.

— Le capitaine Sponder est de mèche avec Rainhart ?

— C'est scandaleux ! cria Sponder. Je suis ici à la tête de l'ensemble des navettes du groupe deux, celles-ci jouent un rôle primordial pour Xenon. Comment pouvez-vous ne pas remettre en question ses données ? Son binôme est un imposteur et un menteur. Gardes, arrêtez-le. À nouveau. Arrêtez-les tous les deux.

Les gardes apparurent derrière Kass. Je sentis du mouvement derrière moi et je me retournai pour voir deux membres peu enthousiastes du service de sécurité de la salle de contrôle. Ils ne m'avaient pas encore touché. Sponder ouvrit la bouche pour crier d'autres ordres, mais Jennix leva la main.

— Attendez, dit-elle. Les gardes s'immobilisèrent, attendant les ordres de Jennix, qui était plus gradée que Sponder. Continuez, MCS Becker.

Je hochai la tête.

— Sur l'écran, vous pouvez clairement voir la traçabilité des données qui prouvent qu'ils ont travaillé ensemble sur plusieurs projets depuis bien plus d'un an. J'ai trouvé des fichiers cryptés avec des dessins structurels et des cartes représentant une sorte de base gigantesque ainsi qu'un grand bâtiment à la surface de Vélérion. Cela ressemble à un lieu de rassemblement très important. Cela s'appelle le Palais des archives ?

— Oh merde, dit l'autre général. La reine Raya va détruire le Palais des archives ?

— Qu'est-ce que c'est ? demandai-je.

Kass cligna des yeux, et je le vis sourire lorsqu'il trouva un moyen de m'expliquer.

— C'est comme le bâtiment du capitole d'un pays sur Terre. Tous les législateurs sont là, comme le Sénat de Vélérion.

Jennix commença à se frotter le front, c'était un signe discret de son désarroi.

— Il y a de nombreux passages secrets, des tunnels souterrains et des centrales électriques décentralisées pour le protéger d'un assaut direct. Nous savions qu'elle avait reçu ses informations sur la base des Starfighters du délégué Rainhart. Mais si la reine Raya a aussi les détails structurels du Palais des Archives ?

— Mon général, c'est...

Jennix se tourna vers Sponder.

— Silence.

Sponder, qui essayait de sauver sa peau, continua avec acharnement malgré l'avertissement du général.

— S'il a falsifié son dossier pour le programme d'entraînement, qu'est-ce qui vous fait penser que son binôme ne fait pas la même chose maintenant ? Pour le protéger ?

— Parce que la MCS Becker ne savait pas que Vélérion était réel jusqu'à il y a deux jours. Le logiciel indique l'heure à laquelle elle a mis la main sur les données et à ce moment-là, le MCS Remeas était en prison.

— Et dans le Phantom, mon général, ajouta-t-elle. J'ai découvert son lien avec Rainhart quand nous étions en route vers la base lunaire.

Elle jeta un coup d'œil au deuxième indicateur de temps et hocha la tête. Puis elle continua avec Sponder.

— Vous avez mis Remeas en prison vous-même. Becker n'aurait pas eu le temps d'apprendre l'histoire du délégué Rainhart et de falsifier des rapports. Et comme elle s'attendait à ce que le lieutenant Markus soit son partenaire de mission, ils n'ont certainement pas pu planifier ça en chemin.

Le visage de Sponder prenait une teinte rouge foncé.

— J'ai trié de nombreux échanges de conversations entre Rainhart et Sponder ainsi que des exemples détaillés de falsification de rapports. La piste fantôme que Sponder a laissée derrière lui en insérant des modifications de mission dans la Starfighter Training Academy est également incluse. En ce qui concerne la mission d'aujourd'hui, mon équipe de mécaniciens et moi avons vu le capitaine Sponder sortir du Phantom quelques minutes avant le décollage. Et notre vaisseau n'a pas été touché par l'ennemi, il a explosé de l'intérieur.

Jennix serrait la mâchoire.

— Communication, appela-t-elle à nouveau. Analyse des données dans la plateforme de lancement du Phantom sur les trois dernières heures. Pouvez-vous confirmer la présence du capitaine Sponder près du Phantom.

— Aucune donnée trouvée, répondit la voix de l'IA.

Le coin de la bouche de Sponder se releva.

— Est-ce que je peux, mon général ? demanda Kass.

Jennix acquiesça.

— Communication, appela Kass. Analysez les données de la plateforme de lancement sur les trois dernières heures. Signalez et affichez la dernière personne à s'être approchée du Phantom avant l'arrivée du Starfighter MCS Becker.

— Traitement. Données visibles sur l'écran six.

L'image montrait le mécanicien, Vintis, l'un des mécaniciens, plaçant quelque chose sous le panneau des armes. Mais son uniforme était bizarre et l'image était un peu floue.

— Communication, localisez le mécanicien dénommé Vintis au moment où cet enregistrement a été fait.

— Traitement. Données visibles sur l'écran six.

Une vue de la plateforme de lancement apparut sur l'écran. Les mécaniciens Vintis et Arria étaient assis à un petit poste de travail, ils riaient et déjeunaient ensemble, ils étaient en pause, pas plongés dans la mécanique.

— Vintis ne pouvait pas être à deux endroits à la fois, dit Kass.

— Et j'ai personnellement vu le capitaine Sponder quitter mon vaisseau. J'ai dû me retenir, j'avais envie de lui sauter sur le dos et de l'étrangler. Espèce de salaud.

Kass m'interrompit avant que je puisse en dire plus, ce qui était probablement une bonne chose car j'étais vraiment à deux doigts de me laisser aller à mes pulsions.

— Communication, trouvez la position du capitaine Sponder cinq minutes avant cette heure-là.

— Traitement. Données visibles sur l'écran six.

Je retins mon souffle jusqu'à ce que je voie le capitaine Sponder et le commissaire Gaius entrer sur l'aire de lancement du Starfighter. Sponder portait un petit objet. Il traversait la plateforme de lancement et se dirigeai vers le *Phantom* pendant que Gaius parlait aux mécaniciens.

Vintis avait demandé à Sponder s'il avait besoin d'aide. Sponder avait refusé.

On regarda tous Sponder parcourir la distance jusqu'à notre vaisseau. À seulement quelques pas, il leva les yeux vers la caméra et l'écran se brouilla, ses vêtements se transformèrent en ceux du mécanicien Vintis.

La nouvelle version floue de Vintis/Sponder marcha ensuite tout droit vers le *Phantom* et disparut à l'intérieur.

Quelques minutes plus tard, il réapparut sur la rampe, toujours sous la forme d'une image floue de Vintis/Sponder qui portait à confusion, lorsque j'apparus sur l'écran.

Je m'en souvenais parfaitement. Je l'avais regardé, lui avait lancé un regard furieux et avait demandé ce qu'il pouvait bien faire sur mon vaisseau. Il avait dit qu'il était là pour s'excuser au sujet de Kass, et me dire qu'il me sauvait des griffes d'un usurpateur et d'un menteur, et m'avait souhaité bonne chance pour la mission.

Mais à l'écran, Vintis et moi avions eu cette conversation à la place.

Sponder était peut-être un connard, mais il était plus que compétent pour brouiller les pistes dans le monde numérique.

Jusqu'à ce que je fasse mon apparition.

— Je me souviens de cette conversation, général Jennix. Et ce n'est pas avec le mécanicien Vintis que j'ai parlé, mais avec le capitaine Sponder. Je vous en donne ma parole.

Et voilà. C'était la preuve que Sponder avait placé la

bombe sur le Phantom. Le logiciel indiquait l'heure et cette dernière correspondait au moment précis où Kass était en prison et où j'étais clairement à l'écran, en train de discuter de mon binôme.

— Sponder n'avait aucun moyen de savoir que j'allais m'échapper de la prison pour partir en mission avec Mia. Il avait l'intention de tuer ma femme, Général, grogna Kass. Il avait les nerfs à vif et était prêt à frapper plus que le nez de Sponder.

— Je voulais voir ta tête quand tu découvrirais qu'elle était morte, grogna Sponder en laissant échapper des postillons.

Kass lui sauta dessus à ce moment-là, frappant Sponder si fort qu'il tomba au sol. Kass était sur lui et le rouait de coups.

— On ne touche pas à ma Mia, connard, dit-il, chaque mot avait été rythmé par un coup de poing brutal.

Jennix ne dit rien pendant quelques secondes, puis elle fit un signe de la main pour que les gardes retirent Kass. Sponder restait conscient mais recouvert de sang et était dans un sale état. Les gardes tirèrent Sponder pour le mettre sur ses pieds et durent le maintenir en place.

— Vous vous en seriez tiré à bon compte, dis-je à Sponder. Personne ne vous aurait soupçonné d'avoir aidé Rainhart. C'est votre haine pour Kass qui vous a trahi. Vous auriez dû le laisser devenir un MCS et ne pas broncher. Il a causé votre perte.

— Emmenez Sponder, ordonna Jennix. Transportezle immédiatement à la base de détention de Vélérion. Sécurité maximale.

Elle fronça les sourcils.

— Je m'occuperai du commissaire Gaius plus tard.

Elle se retourna pour me regarder.

— Et le commissaire ? Vous avez trouvé quelque chose sur lui ? C'est aussi un traître ?

Je secouai la tête.

— Je n'ai rien trouvé. C'est juste un homme dont le neveu est un enfoiré.

— Eh bien, c'est déjà quelque chose, marmonna-t-elle. Général Aryk ?

— Oui, Général.

Elle regarda l'autre commandant, qui cligna des yeux, abasourdi par ce qui venait de se passer.

— Aryk, nous devons terminer la mission.

Le général Aryk hocha la tête.

— Je vais prendre le contrôle du groupe deux. Nous ferons en sorte que la libération de Xenon soit un succès.

Il se tourna vers nous.

— Bon travail, MCS.

— Oui, bon travail, ajouta Jennix, puis elle fronça les sourcils. Je vais supposer que les dossiers montrant que vous avez triché dans le programme de formation sont faux, comme l'atteste la MCS Becker du Starfighter. Cependant, j'ai une mission à exécuter. Vous avez l'ordre de rester dans votre logement de fonction jusqu'à ce qu'un examen complet puisse être effectué.

Kass lui sourit. C'était la première fois depuis qu'il

avait viré le pilote remplaçant, Markus ou quelque chose comme ça, du Phantom, quand il était monté avec moi.

— Affirmatif, Général. Nous allons obéir à vos ordres. Avec plaisir.

Kass me regarda et me fit un clin d'œil.

13

ass

Un garde nous escorta jusqu'à nos appartements, mais contrairement à la dernière fois, où j'avais été emmené par l'un d'eux, je n'étais pas menotté. Aucune arme n'était en vue pour pouvoir me maitriser. Aucune remarque insolente ou bousculade. De plus, ce qui était très différent, cette fois-ci, je tenais la main de Mia, je la portai même à mes lèvres et embrassai ses articulations plusieurs fois.

Elle m'avait sauvé la mise. Sans elle, personne n'aurait compris les mensonges de Sponder et ce traitre n'aurait pas été démasqué. Mon esprit bouillonnait en repensant au fait qu'il avait travaillé avec le délégué Rainhart pendant tout ce temps, qu'il était aussi responsable de l'attaque de la base des Starfighters. Qu'il avait aidé la reine Raya à capturer Xenon, aidé la flotte des Ténèbres à cibler Vélérion avec les IPBM. Pourquoi avait-il fait une telle chose ? Il était lui-même originaire de Vélérion. Sa famille était riche. Son oncle était commissaire au Palais des archives.

Je serrai la main de Mia.

— Je n'arrive pas à croire que Sponder soit un traître. Je savais que c'était un connard, mais je ne comprends pas ce qui l'a poussé à trahir son propre peuple.

Mia parla à son tour. Elle porta ma main à ses lèvres et m'embrassa.

— Parfois, les gens n'agissent pas logiquement.

C'était tout à fait vrai.

— Ils vont l'exécuter, si ce que tu as trouvé est vrai.

— C'est vrai.

Elle avait l'air sûre d'elle, confiante, et très, très sexy.

Mia avait fourni les preuves aux généraux Jennix et Aryk. Il y en avait plus qu'assez pour condamner Sponder de tout ce que nous avions affirmé et même plus. C'était terminé. Pas la mission pour sauver Xenon et débarrasser l'univers des IPBM, mais notre combat pour être ensemble, pour prouver que nous étions dignes de nos uniformes. Nous ne serions pas séparés. Je l'avais dit à Mia dès notre première rencontre sur son lieu de travail sur Terre. Elle était à moi.

Pour toujours.

Je ne m'étais pas attendu pas à ce que Sponder soit plus qu'une source de désagréments pour moi. Et un commandant horrible. Mais Mia avait découvert non seulement la vérité sur moi, mais aussi la profondeur de sa personnalité diabolique. Bien sûr, c'était Mia qui l'avait découvert. Personne d'autre ne l'avait fait et c'était pourquoi Sponder était passé inaperçu, avait collaboré librement avec le délégué Rainhart sans aucune restriction. Avec le temps, l'étendue de ses actes de trahison serait révélée au grand jour, mais quelqu'un d'autre devrait fouiller pour trouver ces détails. Mia leur avait donné la piste à suivre. C'était tout ce qu'ils allaient obtenir de sa part, parce que Mia serait occupée avec moi. À court terme, elle serait occupée à prendre du plaisir. J'allais faire en sorte qu'elle soit récompensée pour ses actions. J'allais aussi m'assurer qu'elle se sente épanouie. Vivante. En sécurité.

Mon cœur se serra à l'idée qu'elle aurait pu mourir dans une explosion provoquée par Sponder. Cela aurait été comme il l'avait dit. Horrible. Je n'aurais pas survécu si elle avait été tuée. Et si ça avait été l'autre pilote qui avait essayé de contrôler le Phantom pendant le crash ? J'avais à peine réussi à nous sauver et j'avais plus d'entraînement sur ce vaisseau que quiconque sur Vélérion. J'étais un Starfighter pour une bonne raison. Avec le lieutenant Markus aux commandes quand la bombe avait explosé, je l'aurais perdue.

Être en vie et emprisonné aurait été un destin pire que la mort. Même si les accusations qui prétendaient que j'étais un usurpateur s'étaient révélées fausses, je n'aurais pas été heureux. Je ne me serais jamais pardonné de ne pas avoir été sur ce vaisseau à ses côtés. De ne pas avoir été là quand elle avait eu besoin de moi.

De l'avoir laissée mourir seule.

Lorsque la porte de nos appartements se referma derrière nous, je verrouillai la porte, nous préservant de toute interruption, et je l'attirai dans mes bras. Je la serrai violemment dans mes bras.

Je sentais les battements de son cœur. Sa respiration.

— Kass, chuchota-t-elle.

— Je sais, répondis-je, en embrassant le sommet de sa tête.

— Maintenant. Ça doit être maintenant, murmura-t-elle.

Je ne pouvais pas être plus d'accord avec elle, mais nous portions toujours nos combinaisons de vol, la poussière et les débris du crash, l'odeur de métal et de roche brûlée nous enveloppaient comme un nuage. Je me mis à genoux, je tirai de toute mes forces pour enlever sa combinaison de vol et ses bottes. Quand elle se tint nue devant moi, je déposai un baiser au centre de son ventre et posai mon front contre elle. Je respirai sa douce odeur féminine et me délectai de la sensation de ses doigts qui caressaient mon cuir chevelu, peignaient mes cheveux. Du fait d'être contre elle.

— J'ai failli te perdre.

— On a failli se perdre l'un l'autre.

J'enroulai mes bras autour de sa taille et la tins fermement, me collant à elle, mémorisant tout d'elle. Son odeur. Ses caresses. La douceur de sa peau. La douceur de ses mains. Elle soupira.

— Ce ne sera pas la dernière fois, Kass. Nous sommes des Starfighters. Nous n'allons pas rester assis derrière un bureau.

Elle attrapa une poignée de mes cheveux et m'inclina la tête pour que je croise son regard.

— Et je ne veux pas être derrière un bureau. Je veux être dans l'espace, pour avoir un vrai rôle. Avec toi. Et si nous mourons, nous mourrons ensemble.

Cette femme allait me tuer d'une manière ou d'une autre. À cet instant précis, je craignis que mon cœur n'éclate dans ma poitrine, en moi, l'explosion d'émotion était paralysante et douloureuse.

— Je t'aime.

— Moi aussi, je t'aime.

— Nous allons vivre ensemble. Combattre ensemble. Mourir ensemble.

— Exactement, dit-elle en souriant. Tu es d'accord ?

— Oh, oui, évidemment. Et toi aussi.

Je me levai en un éclair, la soulevai, la jetai par-dessus mon épaule et pris la direction de la salle de bain d'un pas décidé. Je la remis sur ses pieds dans la cabine, et elle commença à faire couler l'eau pendant que je retirais ma combinaison de vol et mes bottes.

L'eau chaude coulait à flot, on se lava l'un l'autre en un temps record. Dès qu'elle fut mouillée et propre, j'inspectai chaque centimètre de son corps à la recherche de blessures et ne trouvai rien d'autre que quelques bleus, je me mis alors à genoux et posai ma main sur son ventre pour maintenir son dos contre le mur de la douche. Elle lutta pour garder l'équilibre, mais je ne pouvais plus me retenir. J'avais besoin d'elle.

— Maintenant. J'ai besoin de toi maintenant.

— Kass, répéta-t-elle, cette fois en poussant un gémissement.

Mon intention était claire. Ses doigts s'emmêlèrent dans mes cheveux, et je levai les yeux vers elle.

— Maintenant, répétai-je, puis je commençai à la lécher. C'était difficile à faire avec ses jambes si proches, mais son clito était dur et sortait de son capuchon comme s'il était impatient de me voir. De mon autre main, je pris sa chatte nue en coupe dans ma paume, je glissai deux doigts profondément en elle et me donnai pour mission de la faire jouir. Avec les doigts et la langue, je la poussai vers un orgasme sans pitié. Je ne cherchais pas à la titiller. J'étais concentré, rapide et précis. Je savais ce qu'elle aimait. Je savais où toucher, caresser et lécher.

Elle ne lutta pas, haletant et criant sa jouissance.

Ma bite était dure. J'avais envie de la pénétrer. Mais, je me refusai tout plaisir. Pour le moment.

Elle cria lors de son deuxième orgasme, et ses genoux flanchèrent. Sa chatte laissant échapper son élixir. Je le bus, savourai la façon dont ses parois intérieures se contractaient autour de mes doigts, la façon dont son corps entier tremblait, ses jambes perdaient leur force, le fait qu'elle soit à bout de souffle. Mia avait lâché prise. Elle était toute à moi.

Oui.

Putain, oui. Elle ne se retenait pas, elle me donnait tout. Sa confiance. Son amour. Son abandon. Elle. Était. À. Moi

Totalement.

———

Mia

Kass se tenait debout avec un sourire suffisant sur le visage.

Ouais, il était content de lui.

Il avait le droit de l'être.

Ça avait été incroyable. Et je savais que nous étions loin d'en avoir fini.

Kass se mit la tête sous l'eau puis, dès que j'eus repris suffisamment mes esprits, je le touchai. Je l'attirai vers moi pour un baiser interminable. Je voulais fusionner nos corps en un seul être. Le tenir tout près de moi pour toujours. Il était à moi. Je me battrais pour le protéger jusqu'à mon dernier souffle, et je savais qu'il ferait de même pour moi.

Nous formions une équipe soudée. Je comprenais ce que cela signifiait vraiment maintenant. Nous étions unis. Ne formions qu'un.

J'étais reconnaissante que Jennix nous ait ordonné de rester dans notre logement de fonction. Vu ce que Kass venait de me faire, il avait de grands projets pour mettre notre temps libre à profit.

Je fermai l'eau, le tirai à l'extérieur de la douche et le poussai vers les serviettes. Je pris mon temps pour le sécher parce que ... eh bien, j'avais moi aussi un plan.

— Je n'arrive pas à décider ce qui m'excite le plus, toi en uniforme dans le cockpit, aux commandes du Phantom, ou toi nu, dis-je en prenant un peu plus de temps que nécessaire pour frotter doucement la serviette le long de sa queue en érection.

— Ma préférence va vers nous deux, nus, dans le cockpit. C'était incroyable, rétorqua-t-il.

Pour une fois nous allions lentement. Nous n'étions pas avides l'un pour l'autre. Enfin, si, on l'était, mais après tout ce qu'on avait vécu, savourer ce moment ensemble était aussi très agréable. Peut-être que je n'étais pas pressée parce qu'il avait calmé mon désir avec sa bouche. Mais la protubérance était le signe qu'il n'avait pas encore calmé son désir d'après combat. Avoir failli mourir, deux fois, était une chose. Mais nous avions aussi dû nous battre contre Sponder. Nous battre pour être ensemble. Et nous avions gagné.

Nous étions ensemble. Rien ne pouvait nous séparer maintenant. Et si quelqu'un nous interrompait... il aurait affaire à moi. Parce que l'assignation à résidence signifiait qu'on allait passer beaucoup de moments torrides.

— Seulement si tu ne me poses pas sur le bouton de communication la prochaine fois, marmonnai-je, puis je gloussai quand il me chatouilla.

Il prit son temps, me sécha soigneusement, mais à mesure qu'il touchait, frottait et explorait de plus en plus ma peau nue, je devins de plus en plus impatiente.

— J'ai envie de toi, admis-je.

Son regard croisa le mien. J'y vis de la passion. Du désir.

— Encore ?

Je hochai la tête.

— Je ne peux pas me passer de toi. Je n'en aurai jamais assez.

Son visage semblait encore plus tendre à ce moment-là, ne serait-ce que pour un instant.

— J'ai envie de toi aussi, répondit-il. Dans le lit. Avec tes jambes écartées pour que je puisse voir chaque partie magnifique de ton corps.

Mes parois intérieures se contractèrent quand il prononça ses mots, et sans attendre, je me retournai et me dirigeai vers le lit.

Une main me frappa le cul. Je me retournai alors que la douleur disparaissait et se transformait en chaleur. Kass se tenait là, nu, les bras croisés sur sa poitrine, la bite pointée vers moi comme un soldat au garde-à-vous. Il souriait, avait l'air content de lui-même.

— C'était pour quoi ça ? demandai-je.

Il regarda mes fesses et pencha la tête.

— J'aime voir ma marque sur toi.

Je poussai un soupir d'indignation feinte alors qu'en vérité, cette douleur était allée directement vers mon entrejambe, avait resserré mes tétons, réveillé mon corps d'une manière que je n'avais jamais ressentie auparavant. J'en voulais plus.

Il se rapprocha, se pencha et me toucha la chatte.

— Tu es trempée. Tu as adoré ça.

Je levai le menton, prête à le nier. Mais c'était Kass. Il me donnerait tout ce que je voulais. Tout ce dont j'avais besoin. Tout ce que je souhaitais, sans jugement ni hésitation. Il était à moi.

— Oui. Et ta bouche sur moi, aussi.

Ses yeux s'enflammèrent.

— C'est bien noté.

Il lécha ma cyprine sur ses doigts, puis poussa un grognement.

— Changement de plan. Sur le lit. À quatre pattes. Ton cul en l'air.

Cette fois, je pris mon temps pour me retourner.

— Ma belle, tu vas avoir une fessée quoi qu'il arrive. Ne fais pas la timide maintenant.

Je posai un genou sur le lit, puis rampai jusqu'au milieu, me positionnant comme il le voulait. J'arquai le dos. Bombai les fesses, il pouvait tout voir. Je n'avais jamais été prude, mais là, *rien* n'était caché. Il pouvait voir mon corps dans son intégralité. En regardant par-dessus mon épaule, je vis comme sa mâchoire était serrée, comme il semblait sur le point de perdre le contrôle, il avait l'air presque sauvage et je me réjouis de mon pouvoir sur lui.

Je remuai les fesses, et il cessa de me fixer. Il se déplaça plus rapidement maintenant, s'installa sur le lit d'une manière qui me troubla. Quelques secondes plus tard, je faillis gémir d'impatience parce qu'il s'était retourné sur le dos, sa tête entre mes cuisses, de sorte que j'étais à cheval sur son visage.

— *Scheisse*, soufflai-je.

Quand ses mains attrapèrent mon cul pour me faire descendre afin qu'il puisse verrouiller ses lèvres autour de mon clito et me sucer, je gémis. Je me tortillai alors que je chevauchai son visage. Il ne me fallut pas longtemps pour jouir. J'avais tellement attendu. En avais eu tellement envie.

J'étais déchaînée et je me balançais sur lui alors qu'il utilisait sa bouche et sa langue pour me faire jouir. Mon clito n'avait jamais été aussi heureux de toute sa vie.

Après que j'eus crié son nom, perdue dans le plaisir que seul Kass pouvait m'arracher, il bougea de nouveau. Agenouillé derrière moi, il me donna une fessée.

— Je devrais te punir d'être trop belle. Trop intelligente. Trop courageuse. Lorsque sa paume frappait mon cul, il me faisait ressentir une douleur aiguë qui me faisait me tortiller. Encore. Et encore.

Mon cul était en feu. D'un côté, puis de l'autre. Mon corps se balançait vers l'avant à chaque claque qui m'enflammait les fesses, mes seins se balançaient sous moi, mes mamelons étaient tellement durs qu'ils me faisaient mal.

Plus. J'en voulais plus.

— Tu es à moi, Mia. *À moi.*

Une autre claque, il venait de se positionner à l'entrée

de mon vagin, son gland énorme se frottait contre moi, m'ouvrait, puis il me pénétra profondément.

— Oui ! criai-je alors que mes parois s'accommodaient autour de lui.

— Mon Dieu, dit-il en grognant. Putain, tu es parfaite.

Il me pilonnait. Avec force. Profondément. Comme s'il pourchassait quelque chose.

Mes seins se balançaient, et je frottai mes mamelons sensibles contre la literie en allant à la rencontre de ses coups de reins, à sa rencontre. Je le prenais profondément et j'en redemandais.

J'agrippai la literie. Je m'y accrochai. J'étais sur le point de jouir. Si proche. Je passai la main en dessous de mon corps, à la recherche de mon clito. Si je le frottais juste une ou deux fois, je jouirais encore.

Kass repoussa ma main, puis se retira.

— Qu...

Mes paroles restèrent coincées dans ma gorge alors qu'il me retournait sur le dos. Kass m'écarta les jambes, me dévora des yeux, puis s'installa entre mes cuisses. Il poussa profondément et me prit à nouveau.

Je levai les yeux vers son regard sombre. Il me regardait pendant qu'il me pénétrait. Son bassin frottait contre mon clito, et je savais ce qu'il faisait maintenant. Il voulait me voir jouir. Il voulait être témoin du moment où je lâcherais prise, où je me perdrais dans le plaisir qu'il me donnait.

Il n'eut pas à attendre longtemps. Avec mes mains s'enfonçant sur ses fesses, je jouis de nouveau. Ce fut comme une vague, une libération fulgurante, prolongée par la façon dont sa bite frottait et caressait des endroits secrets en moi.

La sueur scintillait sur ma peau alors que je me déhanchais et me cambrais sous lui. Le plaisir m'envahit, mais je continuai à regarder Kass. Je soutenais son regard. Je le laissais voir exactement ce qu'il me faisait, ce qu'il représentait pour moi. Je ne voulais pas rompre le lien, parce que nous étions soudés dans cette aventure. Dans toutes les choses. Pour toujours.

— À ton tour, chuchotai-je.

Kass ne ralentit pas ses hanches, il perdit juste un peu son rythme, cédant à ses besoins les plus primaires.

— Ton plaisir est mon plaisir, Mia. Tu es ma vie. Mon cœur. Tu m'as sauvé, dit-il.

— Et tu m'as sauvée en retour, ajoutai-je en gémissant.

Il poussa alors une sorte de rugissement, s'immobilisa profondément, me remplissant de sa semence.

Je jouis à nouveau, doucement, ce fut comme une onde de chaleur traversant mon corps, qui finissait de traire sa semence.

Nous avions tout donné pour être ensemble. On se donnait à deux cents pour cent. On se battait sauvagement. On revendiquait notre sauvagerie. Personne ne nous apprivoiserait jamais. On ne serait jamais seuls. On n'abandonnerait jamais l'autre, on ne se trahirait jamais. Nous étions un couple uni. Nous ne formions qu'un.

Nos natures rebelles pouvaient nous attirer des

ennuis de temps en temps, mais je ne voulais pas qu'il en soit autrement.

Kass était à moi. Et si les Vélérions n'aimaient pas cela ? Eh bien, tant pis.

Je le gardais pour moi.

ÉPILOGUE

Mia, trois jours plus tard, surface de Vélérion

Nous avions été assignés à résidence pendant trois jours. Je n'étais jamais allée en prison avant, et je ne voulais pas y aller, mais être coincée avec Kass sans rien faire d'autre que d'être nue et d'apprendre à se connaître, *vraiment*, n'était pas si mal.

Cela avait été incroyable. En plus du nombre d'orgasmes qu'on avait eus, j'avais perdu le compte au bout d'un moment, on avait parlé. On avait découvert qu'on était plus compatibles qu'on ne l'avait jamais imaginé.

Il avait aussi pu me donner des informations sur mon nouveau monde, pour que je commence à mieux le connaître. Je vivais à Vélérion, mais je n'avais vu que l'intérieur du Resolution et les missions. Alors quand le général Jennix finit par blanchir Kass des accusations portées contre lui, sauf pour le piratage du programme des candidats à la Starfighter Training Academy, nous fûmes libres de nous déplacer.

Sur Vélérion.

Xenon avait été libérée avec succès de la flotte des Ténèbres. Les IPBM qui restaient avaient été détruits. L'usine allait recommencer la production de minerai. Xenon en tant que planète allait revenir à la normale. En paix. Sans la base lunaire, qui avait été complètement détruite. Ils n'avaient pas encore été décidé si elle serait reconstruite.

Mais ce n'était pas à moi ou à Kass d'analyser ces données. On nous avait donné un congé avec Jamie et Alex, et on les rejoignit sur Vélérion.

C'était là où nous nous trouvions, juste à l'extérieur de la station Eos où Kass avait été basé, nous nous promenions dans un parc. Avec des gens. Et des bébés. Et des animaux de compagnie qui ressemblaient à de petits ours polaires avec de longues griffes et de la fourrure blanche et duveteuse, et des selles pour que les enfants puissent monter dessus.

Des selles. Sur des ours.

Ces créatures ambulantes avaient des yeux bleus, brillants, différents des yeux des ours de la Terre, et ils étaient de la taille d'un gros chien, mais quand même. Des ours !

— Ils sont très protecteurs envers leurs familles et sont considérés comme de merveilleux animaux de compagnie. La main de Kass était placée dans le bas de mon dos, et je me délectai du sentiment de normalité momentané de marcher avec lui, dans un parc, avec des enfants qui jouaient et des ours qui se roulaient dans l'herbe les uns avec les autres, sous le regard rempli de gratitude de parents souriants, ils avaient le même regard émerveillé que j'avais vu des milliers de fois sur Terre.

Ça me donnait presque envie d'avoir des enfants. Presque.

Kass m'embrassa sur la tempe.

— Ce sont les petits que j'aime regarder le plus.

Scheisse. J'avais des choses à faire dans la vie, et être mère n'en faisait pas partie.

— Je ne veux pas avoir d'enfants. Je n'ai jamais été une de ces petites filles qui jouent avec des poupons et font semblant d'être maman. Ce n'est pas pour moi, Kass.

Il s'immobilisa.

— C'est toi que je veux. Je veux aussi me battre pour protéger mon peuple. Je n'ai pas besoin d'être père.

Il m'embrassa à nouveau.

— Nous sommes des guerriers, ma Mia. Un vaisseau de combat n'est pas un endroit pour les enfants. Nous combattons. Nous protégeons. Nous mourons.

Il fit un signe de tête en direction d'une toute petite fille, peut-être âgée de deux ans, qui avait plaqué son ourson. L'adorable duo se roulait et grognait, la petite fille traitait son ours comme elle aurait pu le faire avec un chiot.

— Ils jouent.

Dieu merci. Je n'avais même pas pensé que Kass pouvait vouloir des enfants avant maintenant, mais le soulagement que je ressentis était comme des bulles dans mon sang et le ciel bleu et vert semblait plus lumineux, les fleurs plus belles, la chaleur de Kassius dans mon dos plus agréable. Je n'avais jamais été aussi heureuse sur Terre. Ici, nous profitions d'une heure ou deux de détente après avoir affronté un traître interplanétaire et deux généraux de guerre, et je me sentais comme étourdie.

Je n'avais jamais été étourdie auparavant.

Mais encore une fois, je n'avais jamais marché sur une planète alien auparavant. La base lunaire était une chose, elle était stérile, inhabitée et effrayante comme tout. Ici, c'était paisible. Sûr. Et magnifique. Des fleurs aux couleurs que j'avais déjà vues, et d'autres que je ne connaissais pas, égayaient des parterres bien entretenus. L'herbe était moelleuse et s'enfonçait sous nos bottes de combat puis se relevait comme une éponge une fois que nous étions passés. De petits insectes semblables à des abeilles bourdonnaient de fleur en fleur, leurs corps vert et bleu nacré comme des pierres précieuses volantes scintillaient dans la lumière chaleureuse de Vega. Jamie remarqua également les nouvelles couleurs et pointa du doigt l'une des fleurs les plus resplendissantes et étrangement colorées.

— Qu'est-ce que c'est ?

— C'est une fleur, répondit Alex.

— Non, pas ça. C'est quelle couleur ?

Kass passa ses bras autour de moi, par derrière, et je me penchai vers lui.

— C'est une fleur stellaire Vega.

Il me serra dans ses bras.

— Tu n'as jamais vu cette couleur auparavant ?

— Non, répondis-je.

Je n'avais jamais rien vu de tel et j'aurais bien été incapable de la décrire.

— Ce doit être dû à vos implants de codage. Quand ils sont complètement intégrés, ils améliorent tous vos sens, pas seulement votre audition et votre langage. Ils augmentent aussi votre temps de réaction, c'est très utile pendant les combats.

Je ne voulais pas penser aux nanotechnologies bizarres qui grouillaient dans mon cerveau. Oui, comprendre et parler la langue était utile, mais je n'aimais pas l'idée que j'avais des implants. Peut-être qu'un jour, je m'y habituerais. Pour l'instant, je les ignorais et je me concentrais sur la petite fille et son gentil ourson couchés sur le sol l'un en face de l'autre, nez contre nez, tandis qu'elle caressait le visage de l'ourson.

C'était un animal très patient.

Jamie et Alex s'étaient éloignés pour regarder une autre section de fleurs, je me contentais de rester debout et de me balancer dans les bras de Kass.

La petite fille leva les yeux et gloussa lorsque sa grande sœur les rejoignit après avoir traversé le parc, ses jambes beaucoup plus longues se déplaçaient à toute vitesse jusqu'à ce qu'elle les atteigne.

— Maman dit que c'est l'heure de manger. Elle devait avoir huit ou neuf ans et était très sûre d'elle.

— On n'a pas faim, hein ? La petite embrassa son ours.

La grande sœur plaça ses mains sur ses hanches et inclina la tête dans une position autoritaire que je reconnaissais bien.

— Maman dit...

La sœur aînée leva les yeux, et son regard se posa sur nous. Elle se figea.

— Des Starfighters.

— Où ?

La petite se leva d'un bond, et le gros ours roula sur le côté avant de se placer entre les deux filles et de nous fixer.

— Juste là !

La grande fille pointa du doigt, et sa petite sœur leva finalement les yeux et se rendit compte de notre présence.

— Tu veux t'enfuir ? chuchota Kass. C'est maintenant ou jamais.

S'enfuir ? À cause des enfants ?

— Ne sois pas ridicule. Je me libérai des bras de Kass et marchai lentement vers les filles pour ne pas les effrayer.

— Bonjour. Je suis Mia. Comment tu t'appelles ?

— Starfighter MCS Mia ? cria l'ainée avec excitation, puis elle jeta un coup d'œil derrière moi en direction de Kass. Tu es Kassius Remeas, le hacker rebelle ?

Je lançai un coup d'œil par-dessus mon épaule et vis que Kass s'avançait vers nous avec un sourire plaqué sur le visage.

— Je suis célèbre, alors ?

La grande fronça le nez en le regardant, honnêtement, je ne pouvais pas faire la différence entre ces gens et les humains.

— Oui ! Ma mère a dit que tu avais détourné les règles, mais papa a dit qu'on avait besoin de toi, alors c'est autorisé. Mais seulement pour les Starfighters. On ne peut pas enfreindre les règles comme toi, sinon on aura des ennuis.

— De gros ennuis, confirma la petite.

— Je peux le toucher ?

L'aînée pointait du doigt le tourbillon argenté sur mon uniforme de Starfighter, alors je m'agenouillai devant elles, en faisant attention à la créature ours, et les deux petites filles s'avancèrent sans une once de peur et tendirent la main vers moi.

— C'est trop joli, dit la petite.

— Merci.

Sa grande sœur déplaça ses doigts le long de l'emblème, puis tendit la main vers mon cou. Comme elle ne voyait pas la marque à cet endroit, elle passa derrière moi et souleva les cheveux de mon cou jusqu'à ce qu'elle la trouve. De petits doigts collants se posèrent et je sentis les deux petites mains sur ma peau.

— Un jour, je veux être une Starfighter.

— Moi aussi.

La grande regarda sa petite sœur.

— Maman dit que tu vas travailler avec les animaux parce que tu peux leur parler.

— Oui.

— Moi, je ne sais pas faire.

La petite fille gloussa comme si elle possédait un secret. Elle se recula et plaça son bras sur le cou de l'ours.

— Orion t'aime bien.

— Orion est ton ours ?

— Ce n'est pas un ours. C'est Orion.

Bien. La logique de bambin !

— Je l'aime bien, aussi.

La fille ainée restait près de mon épaule, fascinée par mes marques.

— Laissez les Starfighters tranquilles, mesdemoiselles, cria une voix d'homme, et je détournai mon regard des yeux tout doux du mini ours polaire pour découvrir un homme et une femme, je supposais que c'étaient les parents des filles, tout près de nous.

— Aucun problème.

— Orion aime bien Mia.

— Je suis sûre que oui, confirma leur mère.

Je me levai lentement et me retournai pour découvrir que non seulement les parents des filles, mais aussi une cinquantaine d'adultes et d'enfants s'étaient rapprochés de l'endroit où nous nous trouvions. Je me tournai vers Kass, qui avait les bras croisés et me souriait.

— J'ai essayé de te prévenir.

— Qu'est-ce qu'ils font ? demandai-je.

— Tu es célèbre, Mia.

— Célèbre ?

De quoi est-ce qu'il parlait, bon sang ?

— Regarde.

Il me montra l'autre côté de la zone avec de l'herbe où Alex et Jamie étaient aussi entourés de gens.

— Pourquoi ?

— Tu es une Starfighter, ma Mia. L'héroïne de la planète. Le dernier espoir de gagner la guerre. Chaque personne ici compte sur nous pour les sauver.

Scheisse. Combattre ? Bien. Pirater les systèmes de la flotte des Ténèbres ? Pas de problème. Regarder dans les yeux des centaines de personnes qui pensaient que j'étais une sorte de sauveur ? Non. Je n'avais rien de différent. Ce fut ce que je lui répondis.

Kass passa son bras autour de ma taille alors que nous étions entourés de sympathisants, de fans et d'enfants curieux. Il semblait que la plupart d'entre eux travaillaient à la station Eos et se tenaient au courant de l'effort de guerre. La reine Raya avait gagné du terrain pendant des mois, jusqu'à l'arrivée de Jamie. Et maintenant jusqu'à mon arrivée.

— On a récupéré les gens de Xénons grâce à eux, cria un des hommes. La foule reprit cela en cœur.

— Xenon ! Xenon !

La fille la plus âgée se tenait toujours à proximité, et elle lança ses bras autour de ma taille. Elle me serra. Fort.

— Merci. Velia et Camillia vivent là-bas !

— Qui ? demandai-je.

— Leurs cousines. Nous n'avons pas réussi à savoir...

La mère des filles s'éclaircit la gorge.

— Ma sœur et sa famille travaillent sur Xenon. Nous n'avons pas pu communiquer avec eux depuis que la flotte des Ténèbres a pris le contrôle.

— Je suis désolée. Je ne savais pas quoi dire.

La voix calme de Kass apaisa toute la foule.

— Je suis sûr qu'ils vont bien. Nous le saurons d'ici quelques heures. Ils avaient besoin de travailleurs qui savaient comment faire fonctionner les installations là-bas. Mais, ils sont libres maintenant

La petite fille me serra plus fort et Kass et moi passâmes la demi-heure suivante à sourire et à saluer des inconnus qui semblaient tout savoir de nous. Un homme mentionna même le fait que je venais de la Terre.

— Savez-vous où est la Terre ? demandai-je.

— Je n'en avais jamais entendu parler, mais j'espère que vous serez nombreux à venir.

Lily serait la prochaine. Je n'en doutais pas. Et après ça ? En se basant sur les millions de personnes qui jouaient à ce jeu ? Je lui répondis avec confiance.

— Ce sera le cas. Je vous le promets.

Lisez Starfighter D'Élite ensuite!

Deux amies ont disparu en jouant à *Starfighter Training*

Academy. Tout le monde s'en fiche car ce n'est qu'un jeu. N'est-ce pas ?

Je sais que quelque chose ne va pas. Qu'il y a un problème. Que quelque chose ne tourne pas rond. Et que personne n'y prête attention.

Mes meilleures amies ont disparu après avoir battu le nouveau jeu multi-joueurs le plus cool de la planète, la *Starfighter Training Academy*. Elles ont gagné. Elles se sont réjouies de leur victoire. Elles ont disparu. Alors qu'est-ce que la fille laissée pour compte est censée faire ?

Battre ce foutu jeu, voilà ce que je vais faire. Découvrir la vérité, même si cela implique d'être recrutée pour combattre dans une guerre extraterrestre tout en désirant l'alien le plus sexy que j'aie jamais vu et m'engager dans une bataille où il y a très peu de chances de victoire.

Je retrouverai mes amies. Je vais découvrir ce qui se passe. Et j'embrasserai le beau gosse alien que je regarde avec envie depuis des semaines.

Vous allez voir.

Lisez Starfighter D'Élite ensuite!

CONTENU SUPPLÉMENTAIRE

Devinez quoi ? Voici un petit bonus rien que pour vous. Inscrivez-vous à ma liste de diffusion; un bonus spécial réservé à mes abonnés pour chaque livre vous attend. En vous inscrivant, vous serez aussi informée dès la sortie de mes prochains romans (et vous recevrez un livre en cadeau... waouh !)

Comme toujours... merci d'apprécier mes livres.

http://gracegoodwin.com/bulletin-francais/

LE TEST DES MARIÉES
PROGRAMME DES ÉPOUSES INTERSTELLAIRES

VOTRE compagnon n'est pas loin. Faites le test aujourd'hui et découvrez votre partenaire idéal. Êtes-vous prête pour un (ou deux) compagnons extraterrestres sexy ?

PARTICIPEZ DÈS MAINTENANT !
programmedesepousesinterstellaires.com

BULLETIN FRANÇAISE

REJOIGNEZ MA LISTE DE CONTACTS POUR ÊTRE DANS LES PREMIERS A CONNAÎTRE LES NOUVELLES SORTIES, OBTENIR DES TARIFS PREFERENTIELS ET DES EXTRAITS

http://gracegoodwin.com/bulletin-francais/

OUVRAGES DE GRACE GOODWIN

Programme des Épouses Interstellaires

Domptée par Ses Partenaires

Son Partenaire Particulier

Possédée par ses partenaires

Accouplée aux guerriers

Prise par ses partenaires

Accouplée à la bête

Accouplée aux Vikens

Apprivoisée par la Bête

L'Enfant Secret de son Partenaire

La Fièvre d'Accouplement

Ses partenaires Viken

Combattre pour leur partenaire

Ses Partenaires de Rogue

Possédée par les Vikens

L'Epouse des Commandants

Une Femme Pour Deux

Traquée

Emprise Viken

Rebelle et Voyou

Le Compagnon Rebelle

Partenaires Surprise

Programme des Épouses Interstellaires Coffret - Tomes 1-4

Programme des Épouses Interstellaires Coffret - Tomes 5-8

Programme des Épouses Interstellaires Coffret - Tomes 9-12

Programme des Épouses Interstellaires Coffret - Tomes 13-16

Programme des Épouses Interstellaires Coffret - Tomes 17-20

Programme des Épouses Interstellaires:

La Colonie

Soumise aux Cyborgs

Accouplée aux Cyborgs

Séduction Cyborg

Sa Bête Cyborg

Fièvre Cyborg

Cyborg Rebelle

La Colonie Coffret 1 (Tomes 1 - 3)

La Colonie Coffret 2 (Tomes 4 - 6)

L'Enfant Cyborg Illégitime

Ses Guerriers Cyborg

Programme des Épouses Interstellaires: Les Vierges

La Compagne de l'Extraterrestre

Sa Compagne Vierge

Sa Promise Vierge

Sa Princesse Vierge

Les Vierges L'intégrale

Programme des Épouses Interstellaires: La Saga de l'Ascension

La Saga de l'Ascension: 1

La Saga de l'Ascension: 2

La Saga de l'Ascension: 3

Trinity: La Saga de l'Ascension Coffret: Tomes 1 – 3

La Saga de l'Ascension: 4

La Saga de l'Ascension: 5

La Saga de l'Ascension: 6

Faith: La Saga de l'Ascension Coffret: Tomes 4 - 6

La Saga de l'Ascension: 7

La saga de l'Ascension: 8

La Saga de l'Ascension: 9

Destiny: La Saga de l'Ascension Coffret: Tomes 7 - 9

Programme des Épouses Interstellaires: Les bêtes

La Bête Célibataire

La Bête et la Femme de Chambre

La Belle et la Bête

Starfighter Training Academy (French)

La Première Starfighter

Mission Starfighter

Starfighter D'Élite

Autres livres

La marque du loup

ALSO BY GRACE GOODWIN

Interstellar Brides® Program

Assigned a Mate

Mated to the Warriors

Claimed by Her Mates

Taken by Her Mates

Mated to the Beast

Mastered by Her Mates

Tamed by the Beast

Mated to the Vikens

Her Mate's Secret Baby

Mating Fever

Her Viken Mates

Fighting For Their Mate

Her Rogue Mates

Claimed By The Vikens

The Commanders' Mate

Matched and Mated

Hunted

Viken Command

The Rebel and the Rogue

Rebel Mate

Surprise Mates

Interstellar Brides® Program Boxed Set - Books 6-8

Interstellar Brides® Program Boxed Set - Books 9-12

Interstellar Brides® Program Boxed Set - Books 13-16

Interstellar Brides® Program Boxed Set - Books 17-20

Interstellar Brides® Program: The Colony

Surrender to the Cyborgs

Mated to the Cyborgs

Cyborg Seduction

Her Cyborg Beast

Cyborg Fever

Rogue Cyborg

Cyborg's Secret Baby

Her Cyborg Warriors

Claimed by the Cyborgs

The Colony Boxed Set 1

The Colony Boxed Set 2

Interstellar Brides® Program: The Virgins

The Alien's Mate

His Virgin Mate

Claiming His Virgin

His Virgin Bride

His Virgin Princess

The Virgins - Complete Boxed Set

Interstellar Brides® Program: Ascension Saga

Ascension Saga, book 1

Ascension Saga, book 2

Ascension Saga, book 3

Trinity: Ascension Saga - Volume 1

Ascension Saga, book 4

Ascension Saga, book 5

Ascension Saga, book 6

Faith: Ascension Saga - Volume 2

Ascension Saga, book 7

Ascension Saga, book 8

Ascension Saga, book 9

Destiny: Ascension Saga - Volume 3

Interstellar Brides® Program: The Beasts

Bachelor Beast

Maid for the Beast

Beauty and the Beast

The Beasts Boxed Set

Starfighter Training Academy

The First Starfighter

Starfighter Command

Elite Starfighter

Starfighter Training Academy Boxed Set

Other Books

Dragon Chains

Their Conquered Bride

Wild Wolf Claiming: A Howl's Romance

CONTACTER GRACE GOODWIN

Vous pouvez contacter Grace Goodwin via son site internet, sa page Facebook, son compte Twitter, et son profil Goodreads via les liens suivants :

Abonnez-vous à ma liste de lecteurs VIP français ici :
bit.ly/GraceGoodwinFrance

Web :
https://gracegoodwin.com

Facebook :
https://www.visagebook.com/profile.php?id=100011365683986

Twitter :
https://twitter.com/luvgracegoodwin

Goodreads :
https://www.goodreads.com/author/show/15037285.Grace_Goodwin

Vous souhaitez rejoindre mon Équipe de Science-Fiction

pas si secrète que ça ? Des extraits, des premières de couverture et un aperçu du contenu en avant-première. Rejoignez le groupe Facebook et partagez des photos et des infos sympas (en anglais). INSCRIVEZ-VOUS ici : http://bit.ly/SciFiSquad

À PROPOS DE GRACE

Grace Goodwin est journaliste à USA Today, mais c'est aussi une auteure de science-fiction et de romance paranormale reconnue mondialement, avec plus d'un MILLION de livres vendus. Les livres de Grace sont disponibles dans le monde entier dans de nombreuses langues en ebook, en livre relié ou encore sur les applications de lecture. Ce sont deux meilleures amies, l'une qui utilise la partie gauche de son cerveau et l'autre qui utilise la partie droite, qui constituent le duo d'écriture récompensé qu'est Grace Goodwin. Toutes les deux mamans, elles adorent faire des escape games, lire énormément, et défendre vaillamment leurs boissons chaudes préférées. (Apparemment, elles se disputent tous les jours pour savoir ce qui est le meilleur : le thé ou le café?) Grace adore recevoir des commentaires de ses lecteurs.

www.ingramcontent.com/pod-product-compliance
Lightning Source LLC
LaVergne TN
LVHW011813060526
838200LV00053B/3760